Ⓒ

87

AVENTURES
SURPRENANTES

DE

TROIS VIEUX MARINS

LES VRAIS CRAQUEURS

AVENTURES

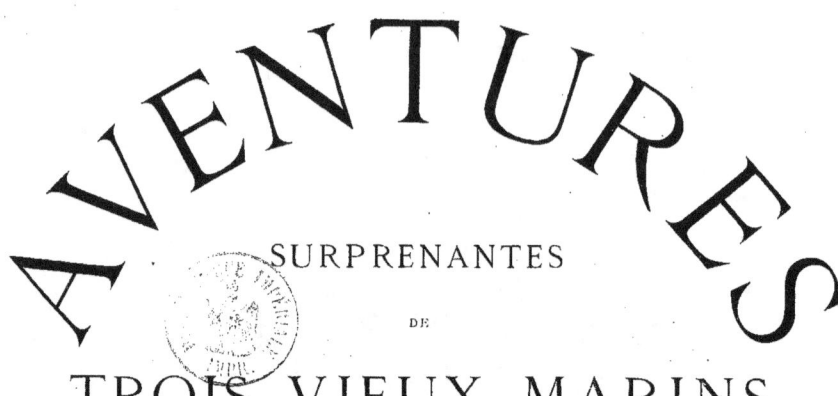

SURPRENANTES

DE

TROIS VIEUX MARINS

Histoire de ce qui n'est jamais arrivé

PAR JAMES GREENWOOD

TRADUIT PAR SIMON — ILLUSTRÉ PAR E. GRISET

PARIS

BIBLIOTHÈQUE DE RÉCRÉATION

J. HETZEL, 18, RUE JACOB

STRASBOURG, TYPOGRAPHIE DE G. SILBERMANN.

AVENTURES SURPRENANTES

DE

TROIS VIEUX MARINS

AVENTURES SURPRENANTES DE TROIS VIEUX MARINS.

Les trois vieux marins arrivent près d'un rivage inconnu.

« Mais dites-nous donc comment il se fait qu'on vous laisse toujours là si tranquilles ? Pourquoi les visiteurs s'adressent-ils de préférence à des marins de 60 à 70 ans, qui sont de véritables enfants auprès de vous ? Et qu'est-ce qu'ils ont après tout de si remarquable ? Ils ne sont pas comme vous couverts de cicatrices, avec des béquilles au lieu de jambes et des crochets en guise de mains. Cependant on leur prodigue les pourboires pour leur entendre raconter les batailles navales auxquelles ils ont assisté et les merveilleuses aventures qui leur sont arrivées sur les rivages lointains. N'est-il pas inconcevable qu'on oublie ainsi de vieux braves tels que vous, qui ne comptent à eux trois qu'une paire et demie de jambes et la même quantité de mains ? Vous n'avez pas l'air de vous amuser prodigieusement dans votre petit coin, savez-vous ?

— Capitaine, répondit le plus vieux des trois marins, en dirigeant vers moi le seul œil qui lui restait et en portant respectueusement la main à son chapeau à trois cornes, capitaine, vous l'avez très-bien deviné, nous ne nous amusons pas. Et même il serait inutile de vouloir le cacher à votre Honneur, nous nous ennuyons. N'est-il pas vrai, camarades ? ajouta-t-il en tournant son œil à droite et à gauche vers l'un et l'autre de ses compagnons.

— Très-vrai ! répondirent-ils en branlant à l'unisson leur vénérable chef surmonté du chapeau retroussé.

— Et pensez-vous, camarades, reprit le premier, que nous puissions espérer quelque changement ?

— Pas le moindre ! soupirèrent-ils d'un air de profond découragement. »

C'était à fendre le cœur. Après quelques instants d'une sombre immobilité, le plus jeune... pardon !

le moins vieux, tira de la poche de son gilet à larges basques une boîte à tabac en cuivre d'une respectable dimension. Il l'ouvrit et nous vîmes qu'elle contenait la moitié d'une chique ordinaire qu'il partagea amicalement en trois portions égales : lui et ses compagnons se mirent à les mâcher avec une avidité qui montrait qu'ils n'étaient pas coutumiers d'un pareil luxe.

« Mais, repris-je, pourquoi votre fâcheuse situation serait-elle désespérée ?

— Capitaine, me répondit l'orateur de la bande en ramenant sur moi son regard noirci, avez-vous jamais entendu dire que le vrai peut quelquefois n'être pas vraisemblable ?

— Je l'ai entendu souvent répéter, mon brave.

— Eh bien, capitaine, voilà la réponse à toutes vos questions, voilà le mot de l'énigme. Comprenez-vous ? non ? C'est clair comme le jour pourtant. Si votre Honneur n'est pas de cet avis, soyez assez bon pour m'excuser : je me sens aujourd'hui la bouche tellement sèche qu'il m'est impossible d'entrer dans une plus longue explication. Je ne me rappelle pas avoir souffert au même point de cette indisposition, si ce n'est une seule fois : c'était, vous ne l'avez pas oublié, Charles Phibbs ? — quand nous fîmes naufrage sur la Terre-de-Feu, dans le détroit de Magellan, au sud de l'Amérique méridionale, comme vous le savez aussi bien que moi, capitaine... Mais où en étais-je ? Ah ! cette sécheresse dans la bouche, je disais qu'il ne me souvenait pas d'en avoir tant souffert depuis que nous fûmes jetés dans cette contrée désolée et obligés pendant onze jours de nous y nourrir de gâteaux de farine de pierre-ponce. Oui, et nous les faisions cuire à la flamme même du volcan qui l'avait rejetée ; je puis vous assurer, capitaine, qu'il y faisait chaud. Mais j'y pense : la bière, à ce qu'il me semble, n'est pas un mauvais remède contre ce genre de maladie ; et tenez, voyez quelle chance vous avez ! voici justement un petit bonhomme qui grille d'en aller chercher. Il n'est pas très-fort, mais

il peut en porter sans peine un demi-gallon. Va, mon garçon, et, fais-y bien attention, qu'on ne te donne pas de la lavasse à quatre pences, mais de la meilleure : c'est pour des gentlemen. »

L'enfant étant revenu avec la bière, les trois vieux marins et nous deux — à savoir mon ami George, dessinateur distingué, et moi-même, votre très-humble serviteur, qui écris ceci — nous nous désaltérâmes, tout en fumant une pipe. Nous nous étions empressés de mettre aussi notre tabac à la disposition de nos compagnons, et comme il y avait encore de la place sur le banc qu'ils occupaient, nous nous y étions assis, George à un bout et moi à l'autre, ayant entre nous deux le vénérable trio.

« Il ne nous arrive pas souvent de boire de pareille bière, Messieurs, reprit notre interlocuteur. En vérité, chaque fois que j'en goûte, je regrette de la trouver si bonne. La saveur m'en reste, et je me dis ensuite : « Mais pourquoi donc, Joseph Corker, mon ami, ne bois-tu pas plus souvent de ce nectar à huit pences ? A quoi bon sacrifier ton bien-être à ce stupide orgueil que tu as depuis ton enfance, de vouloir toujours dire la vérité quand même ? Si le monde préfère le mensonge, donne-lui en du mensonge, à bouche que veux-tu ! Et quand on se refuse à croire ce que toi et tes deux camarades certifiez être l'exacte vérité, sous le prétexte peut-être assez spécieux, mais absurde, que c'est par trop extraordinaire et incroyable — pourquoi, mon pauvre vieux, ne pas servir aux gens quelque plat d'une digestion plus facile ? » Voilà ce que je me dis, Messieurs, lorsque cette délicieuse boisson a chatouillé mon palais après une longue abstinence. Mais, Dieu bénisse vos Honneurs ! la tentation ne dure que quelques secondes : je jette l'ancre aussitôt et je m'écrie : « Non ! je défendrai jusqu'à la mort le vieux drapeau sous lequel j'ai toujours navigué. Je le clouerai au grand mât et si je ne puis surnager avec lui, nous enfoncerons tous deux ensemble ! » N'est-ce pas aussi votre avis, à vous, Charles Phibbs, et à vous Jérémie Humm, mes vieux et fidèles camarades ?

— Oui, Joseph, oui, s'écrièrent les deux invalides en se passant le pot de bière que venait d'alléger notablement maître Corker. Oui, nous nagerons toujours dans vos eaux, comme nous l'avons fait depuis le terrible danger que nous courûmes ensemble — vous devez vous le rappeler — lorsque cette vieille carcasse, *le Barrycoota*, coula bas dans la mer des Indes, et que...

— Carguez vos voiles, camarades, interrompit Corker en agitant impatiemment le crochet qui remplaçait sa main droite, croyez-vous que j'aie perdu la mémoire ?

— Non pas, Joseph, répliqua Charles Phibbs, car c'est un de ces souvenirs qui ne s'effacent pas facilement. Pour moi, il est aussi présent à ma pensée, que si l'événement s'était passé ce matin même. Non, mais ce que vous disiez à propos de la vérité qui est souvent invraisemblable, m'a reporté à cette terrible époque toute remplie d'aventures inouïes, incompréhensibles et bien réelles cependant. Ah ! quel livre on pourrait en faire, Joseph ! »

Mon regard et celui de George se croisèrent, traduisant chez chacun de nous la même pensée. Corker avait souri.

« Il faudrait alors, dit-il, en répondant à son ami, que ce fût un livre illustré, car je veux bien que le loup me croque, s'il y a assez de mots dans tous les dictionnaires du monde pour faire comprendre nettement les situations prodigieuses où nous nous sommes trouvés ! »

De nouveau, mon ami et moi, nous échangeâmes un regard significatif; puis George appela le petit garçon, qui, connaissant le faible des trois marins, s'était donné de garde de s'éloigner, et il lui mit aux mains le pot de bière vide avec les huit pences destinés à le faire remplir.

« Non, non, continua Corker d'un ton d'exaltation,

jamais les mots ne seraient à la hauteur de la description, fussent-ils aussi longs que Nabuchodonosor ! Mais prenons les choses par le commencement, ou à peu près. Il est inutile de parler de la terrible voie d'eau qui s'était déclarée à bord de notre pauvre vaisseau de 74, ni des pompes hors de service, ni de la triste nécessité où nous nous trouvâmes, pour alléger le navire, de jeter à la mer tout ce que nous possédions : tout, jusqu'à l'argent de poche des officiers et jusqu'aux boutons de manchettes en or du capitaine ! jusqu'à nos blagues à tabac à nous autres.

— Pourtant il serait inconvenant de ne pas entrer dans quelques détails, car il s'est passé là des choses qui montrent jusqu'où va le courage et le dévouement du marin anglais. Je citerai donc une ou deux circonstances toutes particulières, en ce qu'elles se rapportent à des femmes : elles ont par conséquent un double droit à ne pas être passées sous silence. C'est au sujet de la jeune femme et de la belle-mère du capitaine. Comme je l'ai déjà dit, il fallait à tout prix alléger le navire, et on y procéda, suivant l'ordre donné, jusqu'à ce que la coque, à l'exception de l'eau qui la remplissait peu à peu, fût aussi vide qu'une coquille d'œuf après déjeuner. Nous tous, officiers et matelots, au nombre d'environ cinq cents, nous avions jeté tous nos effets à la mer. Mais *le Barrycoota* enfonçait toujours ! Regardant une dernière fois à son chronomètre l'heure qu'il était, le capitaine l'envoya rejoindre ses boutons de manchettes; ses épaulettes et la cocarde de son chapeau suivirent le même chemin. Sacrifices inutiles ! La voie d'eau devenait de plus en plus forte. Il n'y avait pas à se faire d'illusion. « Tout est perdu, s'écria notre brave commandant : Enfants, les bateaux à la mer ! Qu'on appelle ma femme, lady Fitzrocket ainsi que sa mère, et qu'on leur dise de s'habiller aussi rapidement que possible ! »

« On n'eut pas besoin d'aller les chercher bien loin. Nous fûmes témoins immédiatement d'un spectacle qui nous fit couvrir le pont de nos larmes, ce qui était d'autant plus malheureux, qu'il n'y avait déjà que trop d'eau à bord.

« Nous voici ! nous voici, s'écrièrent les deux dames en apparaissant sur le dernier degré de l'escalier de la cabine.

« C'était bien elles, mais dans quel état ! Personne ne les aurait reconnues.

« Quoiqu'on leur eût caché, par galanterie, le danger où nous étions, elles l'avaient soupçonné, en se trouvant tout à coup les pieds dans l'eau, et de leur propre mouvement elles avaient aussi travaillé à l'allégement du vaisseau. Toutes leurs nippes, à l'exception d'une simple robe, d'un fichu et d'une paire de pantoufles pour chacune d'elles, avaient été lancées à la mer par le sabord de leur cabine. Puis, comme cela n'amenait aucun résultat, la jeune femme du capitaine, saisissant ses ciseaux, avait coupé tout au ras de sa tête ses beaux cheveux ! — Quels cheveux ! Il y en aurait eu pour cent Hollandaises, — tandis que sa mère, pour ne pas être en reste, se débarrassait de sa perruque et de son ratelier en or. Maintenant je vous laisse à penser quel effet produisit leur vue sur les officiers et sur l'équipage.

« Mais tout cela ce ne sont pas nos aventures à nous. La scène qui était comme présente à mes regards et que des paroles seules ne sauraient décrire, ne se passa qu'un peu après le touchant épisode dont je viens de vous faire le récit. Elle ne fut dans toute sa splendeur que vingt-quatre heures après le terrible événement, je parle de la disparition du *Barrycoota*. Au moment même où l'on mettait les bateaux à la mer, il s'enfonça comme un saumon de plomb, d'une manière si soudaine, que le grand mât se rompit au ras de la hune, où nous trois, Jérémie Humm, Charles Phibbs et moi, nous étions montés pour voir si quelque secours était en vue. Nous voilà donc flottant à l'aventure sur ce tronçon de mât. Nul vestige de notre pauvre vaisseau ! Nous étions les seuls survivants de cet immense désastre. Tout en gémissant, comme il était naturel, sur le sort de nos infortunés compagnons, nous ne pouvions réprimer un mouvement de joie bien naturel aussi, en nous voyant si miraculeusement échappés à la mort.

« Il s'en était fallu de peu, il est vrai ; mais enfin nous étions là tous les trois, sains et saufs, nous cramponnant à la vie comme de véritables chats, avec toute la vigueur de nos vingt-cinq ans, et n'admettant pas que le diable voulût nous serrer dans son armoire, jusqu'à ce que nous eussions entendu la serrure grincer sur notre tête.

« Nous étions du reste très-confortablement lestés quant à l'intérieur : notre capitaine, le digne homme ! avait ordonné que chacun de nous eût à se bourrer l'estomac d'autant de pain et de bœuf qu'il pourrait en avaler, avant que les barils fussent jetés par dessus le bord ; de plus on avait distribué une triple ration de grog, que nous avions emmagasiné de la même manière.

« C'était le matin de bonne heure que le *Barrycoota* avait coulé, et malgré notre position un peu gênée sur ce bout de mât, j'ose dire que notre bonne humeur ne se démentit pas jusqu'au soir. Mais, quand le jour tomba, elle se rembrunit notablement. Rien n'affaiblit comme de rester exposé sur l'eau à toute l'ardeur du soleil pendant de longues heures, sans avoir eu autre chose à manger qu'un poisson armé de longues épines sur le dos, lequel s'était attaqué avec tant de férocité à l'un des gros orteils de Charles Phibbs que, pour lui faire lâcher prise, nous avions été obligés de lui couper la tête. Sortant à l'instant de l'eau de mer, vous devez penser s'il était salé et si l'intensité de notre soif en avait été augmentée.

« Nous voici maintenant arrivés au plus beau de la scène ; vous pouvez vous la figurer d'ici : trois pauvres malheureux abandonnés sur l'immensité de l'Océan, un misérable tronçon de mât les séparant seul des profondeurs incalculables, où des milliers de monstres affamés attendent le moment favorable pour les dévorer ; rien à manger et rien à boire, la nuit arrivant ; ajoutez à cela l'ignorance dans laquelle sont les naufragés, si la terre, qu'ils appellent de tous leurs vœux, n'est pas éloignée de plusieurs centaines de milles, et vous aurez, je crois, un tableau que des mots seuls sont insuffisants à peindre. »

Ici le vétéran fit une pause. Depuis quelques instants, mon ami George, son chapeau retourné sur ses genoux en guise de table, avec une feuille de papier par dessus, m'avait paru profondément occupé. La remarque de M. Corker était à peine achevée, que l'artiste se leva, et plaçant la feuille de papier sur un banc en face de nous :

« Est-ce quelque chose comme cela, Messieurs ? » demanda-t-il poliment.

L'effet fut prodigieux. Immédiatement les trois chapeaux à cornes se rapprochèrent et semblèrent n'en former plus qu'un. Les exclamations de surprise et d'admiration furent unanimes. M. Corker examinait le croquis en vrai connaisseur.

— Voici le portrait de Jérémie, qui se cramponne ici dans le milieu. Ah ! Jérémie, Jérémie ! vous étiez alors plus joli garçon qu'aujourd'hui. Me voici, moi, par derrière, ayant cédé sur le devant ma place de vigie à Charles Phibbs, afin qu'il pût tenir hors de l'eau salée son orteil blessé. C'était bien là votre visage, Charles, brillant en ce moment comme s'il eût été réfléchi dans un miroir — car vous vous rappelez que le soleil allait disparaître — lorsque, tout à coup nous vous entendîmes murmurer comme malgré vous :

« Mais, camarades, ce n'est pas possible, je suis le jouet de quelque hallucination ! Cependant... Ma foi, mes amis : Terre ! Terre ! ».

Et c'était l'exacte vérité. Quel pays était-ce ? Nous étions, à cet égard, aussi ignorants que l'enfant qui vient de naître. Tout ce que nous savions, c'est qu'il

était situé dans l'Océan indien. Il se trouvait à l'est, car le soleil se couchait exactement en face, et par bonheur il faisait encore assez clair, pour que nous pussions nous rendre compte de la conformation du rivage qui s'offrait à nos regards. C'était un terrain escarpé et tout couvert de rochers, avec quelques arbres clairsemés sur le bord de l'eau. Mais ce qui nous réjouit plus que la vue des arbres, ce fut une colonne de fumée s'élevant paresseusement dans l'air calme du soir.

« Dieu soit loué ! Nous écriâmes-nous. Il n'y a pas de fumée sans feu ; or ce feu ne s'étant pas fait tout seul, nous trouverons les gens qui l'ont allumé, et à cette heure-ci on n'allume guère du feu que pour préparer à souper.

« Cette idée de souper nous rendit un tel courage, que, s'il y avait eu assez de place sur notre méchant radeau, et si Charles Phibbs n'avait pas tant souffert de sa blessure, je déclare que, sur l'instant, nous nous serions livrés à une gigue échevelée. Naturellement nous avions hâte d'arriver pour prendre notre part de ce repas ; c'est pourquoi, la nuit se faisant de plus en plus sombre, et notre mât ne suivant pas assez vite, à notre gré, le courant qui nous portait vers la terre, nous résolûmes de la gagner à la nage.

« Il faisait tout à fait nuit quand, après avoir nagé environ une heure, nous abordâmes au rivage. Nous nous étions étrangement trompés sur la distance que nous avions eu à parcourir ; nous la trouvâmes trois fois plus longue que nous ne pensions. Nous finîmes pourtant par aborder, et nous gagnâmes en rampant le sommet de la falaise qui nous faisait face. Nous étions sur la terre ferme. Quand je dis terre ferme, je me trompe. Elle n'était pas ferme le moins du monde, car c'était une espèce de poussière impalpable, dans laquelle nous enfoncions jusqu'à la cheville, et qui nous parut excessivement chaude, surtout après notre bain froid.

« Cependant nous prîmes le parti de nous asseoir et de nous reposer un peu, avant d'aller à la recherche du feu, qui, par le contraste de l'obscurité paraissait plus brillant et plus considérable: il ressemblait maintenant, à s'y méprendre, à une grande fournaise. Je ne sais pourquoi, c'était un feu qui n'avait rien de bien attrayant, et, pour dire la vérité, c'est ce qui faisait que nous n'étions pas trop pressés d'aller vers lui. En outre, une observation faite par Jérémie, qui, dans sa jeunesse, quoique courageux comme le lion et l'unicorne réunis, voyait toujours les choses du mauvais côté, — vous ne pouvez pas le nier, Jérémie, vous êtes guéri de cette faiblesse maintenant, mais je maintiens qu'autrefois vous étiez un vrai oiseau de mauvais augure; — une observation de Jérémie, ai-je dit, nous arrêta au moment de mettre à la voile dans cette direction.

« Allons, camarades, disais-je, allongeons le pas, ou toute la viande sera mangée et nous ne trouverons plus que les os.

— A moins que, dit Jérémie, nous n'ayons affaire à des cannibales auquel cas tout ce qu'on trouvera de nous aussi, ce sera nos os.

« Comme on peut aisément le penser, ces paroles amortirent un peu notre courage; ce ne fut qu'après être restés assis dans cette poussière brûlante, jusqu'à ce que toutes les parties humides de notre corps fussent desséchées, que nous nous résolûmes à pousser en avant et à risquer l'aventure.

« Nous marchions ainsi depuis près d'une heure, lorsque, jugez de notre terrible désappointement, en tournant le coin d'un rocher, nous nous trouvâmes tout à coup en face du feu; or ce feu n'était autre chose qu'un volcan!

« Oui, Messieurs, un immense chaudron embrasé, aussi grand que le dôme de Saint-Paul, et assez profond pour engloutir le *Monument* tout entier, à en juger par le bruit souterrain qu'on y entendait continuellement gronder. Cette gigantesque montagne de feu, encadrée de tous côtés par la nuit noire, avec ses flammes dansant et sautant jusqu'à un nuage livide qui s'étalait au-dessus, ressemblait à un énorme démon coiffé d'un bonnet de nuit cramoisi, qu'une tarentule aurait piqué au pied et qui se serait évadé de sa prison dans les entrailles de la terre. Il n'y eut jamais trois pauvres diables aussi misérables que nous; nous eussions certainement préféré avoir rencontré une troupe de cannibales au lieu de cet horrible volcan.

« Ce dont nous avions le plus besoin, c'était de l'eau. Nous étions aussi secs que des têtes de pavot. Je ne crois pas qu'en nous passant au laminoir on eût exprimé de notre corps assez d'humidité pour en humecter une éponge. Notre langue était tellement enflée, qu'il nous était impossible de parler. En regardant nos yeux, à la lueur de ces flammes sulfureuses, on aurait cru voir autant de puits mis à sec. Et pendant tout ce temps nous sentions tomber, tomber au-dessus de nos têtes, quelque chose qui n'était pas de la pluie, mais bien cette poussière aride, étouffante, qui couvrait la terre de ses couches épaisses.

« Et dire qu'il y avait peut-être de l'eau à notre portée, si nous avions pu y voir assez clair pour la chercher! La même idée parut nous saisir tous trois au même instant. Tous trois aussi nous trouvâmes un moyen de vaincre la difficulté. Reprenant courage et revenant soudainement sur nos pas, nous nous dirigeâmes à la hâte vers un méchant petit bosquet que nous avions traversé quelques moments auparavant. Nous arrachâmes quelques longues branches desséchées et nous courûmes les allumer à la flamme du volcan. Ainsi pourvus de trois torches, nous nous mîmes à chercher de l'eau.

« Nous n'en trouvâmes point; mais nos torches ne nous furent pas sans utilité. Le bois que nous avions ramassé était d'une nature résineuse, et ne brûlait pas plus rapidement qu'une bougie. Après une heure d'une marche pénible, nous arrivâmes à une partie de l'île entièrement couverte d'épaisses broussailles. Dès que nous y eûmes pénétré, des milliers de papillons de nuit d'une dimension extraordinaire et brillant des plus vives couleurs, vinrent tourbillonner autour de la lumière de nos torches, au point de nous faire craindre à chaque instant, que le battement de leurs ailes contre la flamme ne nous plongeât dans l'obscurité. A chaque instant une des torches s'éteignait, mais cela nous importait peu tant qu'il en restait une qui pouvait servir à rallumer les autres.

« Et voyez, Messieurs, combien les pauvres mortels sont aveugles ! Combien de fois considèrent-ils comme une calamité le plus grand bonheur qui puisse leur arriver ! Nous pestions contre les papillons, ils étaient pour nous une nouvelle plaie d'Égypte, qui, à moins de la plus grande attention de notre part, devait nous conduire à notre ruine. Nous les chassions, nous écrasions dans nos mains leur corps recouvert des couleurs les plus riches et les plus variées, nous les foulions avec rage sous nos pieds : Au diable les papillons, nous écriions-nous, puisqu'ils aiment tant ce feu, que ne vont-ils tous se

Leur pénible position en traversant le désert aride.

faire brûler à la flamme de cet infernal volcan ! Tout à coup, l'un d'eux aussi large qu'une feuille de mûrier vint s'abattre sur ma torche, l'éteignant du coup, mais non sans avoir brûlé ses ailes couleur de vermillon, et sans s'être entièrement grillé. Dans un mouvement de rage, je me saisis de la pauvre créature, avec l'intention de la jeter à terre et de l'écraser comme nous avions fait de tant d'autres. Mais le feu n'étant pas encore tout à fait éteint au bout de la torche, le corps gluant et brûlant du papillon s'attacha au bout de mes doigts. Je jetai un cri de douleur, et par un mouvement machinal je

portai à ma bouche, non-seulement mes doigts brûlés, mais encore le corps du papillon rôti.

« Je n'oublierai jamais la sensation délicieuse que j'éprouvai au moment où mes dents mordirent à ce gibier de nouvelle espèce. C'était tout ce qu'on pouvait désirer. C'était gras, c'était doux et il y avait de quoi manger et de quoi boire. J'en garderai un éternel souvenir. J'ai bien souvent cherché depuis, mais inutilement, un mets quelconque qui pût donner une idée de cette nourriture incomparable. On y sentait la délicieuse fraîcheur du saumon et du concombre marinés, mais en même temps on y distinguait la

2

douce saveur d'une crème de groseilles et le parfum
délicat du vieux rhum de la Jamaïque. Il est inutile
d'ajouter que je ne songeais plus à mes brûlures.
Je rallumai ma torche à celle de Charles Phibbs, en
me gardant bien de lui laisser soupçonner ma découverte — l'homme est un animal si égoïste ! —
Je restai en arrière et repris sournoisement le chemin
que nous avions parcouru, cherchant et dévorant
avec avidité les papillons grillés dont il était couvert.
Je devais en avoir mangé au moins deux cents,
quand mes camarades découvrirent à quoi je m'oc-
cupais. Ils se mirent alors à pleurer et à se lamenter, pensant que j'étais devenu fou. Cette marque
d'affection me fit rougir de ma gloutonnerie. Je courus à eux avec un papillon grillé dans chaque main,
je profitai de ce qu'ils avaient la bouche toute grande
ouverte par le saisissement pour les leur glisser entre
les deux mâchoires. Cette façon d'agir les confirma
d'abord dans l'opinion qu'ils s'étaient formée à mon
endroit. Mais dans les efforts qu'ils firent pour se
débarrasser de cette étrange bouchée, ils finirent par
en sentir comme moi la saveur, et aussitôt, sans
dire un seul mot, ils suivirent mon exemple et se
mirent à leur tour en chasse.

« Vous savez sans doute, Messieurs, que le papillon de nuit se cache et dort pendant le jour. Or,
malheureusement pour nous, le jour commença à
poindre rapidement, — car la transition de l'obscurité à la lumière dans ces contrées lointaines est
très-peu sensible, — et nous ne pûmes plus trouver
un seul papillon ni pour or ni pour argent.

« Comme vous devez le supposer nous avions désiré vivement de voir venir le jour, mais dès qu'il
eut paru, nous regrettâmes la nuit. Le jour nous
était complétement inutile, et ne servait qu'à nous
montrer l'aspect désolé du désert qui nous entourait.
Aussi loin que la vue pouvait s'étendre, nous ne découvrîmes que des roches nues et des plaines de sable
avec quelques méchants buissons épineux par-ci par-

là. Au delà l'immensité de l'Océan, uni comme un
miroir, et se confondant à l'horizon avec le ciel bleu.

« Grimpant sur une roche escarpée, nous regardâmes tout autour de nous : pas une hutte, pas une
cabane, pas le moindre vestige d'habitation humaine.
Nous étions évidemment sur une île déserte, et nous
devions nous contenter pour toute nourriture, de
nos brillants papillons de nuit. C'était une perspective assez dure pour trois vigoureux gaillards, qui,
trois fois par jour, trouvaient habituellement moyen
d'engloutir chacun une livre de bœuf salé avec ac-
compagnement de biscuit et de thé.

« Notre examen des localités ne nous laissant donc
aucun espoir, nous résolûmes de ne pas continuer
nos recherches. Nous étions au moins sûrs, à l'endroit où nous étions, de faire un repas toutes les
vingt-quatre heures, tandis qu'il n'était pas du tout
certain que les papillons fussent partout ailleurs
aussi gras et aussi gros que ceux que nous avions
trouvés. Du reste les secours ne pouvaient nous venir que du côté de la mer, et de la position que nous
occupions, nos regards en découvraient une immense
étendue. Nous nous assîmes donc à l'ombre des
buissons, et, accablés par toutes les fatigues que
nous avions souffertes depuis le naufrage du vaisseau, et même bien avant, nous nous endormîmes
presque aussitôt.

« Je ne puis dire combien de temps ce sommeil
dura ; quand nous nous éveillâmes, le soleil avait
déjà accompli une grande partie de sa course. La
chaleur était si intense, que les jeunes pousses des
arbrisseaux qui nous entouraient, craquaient et fu-
maient comme un gigot devant le feu. Pourtant ce
ne fut pas cette chaleur, ni le bruit que les branches
faisaient en éclatant qui nous réveillèrent, ce fut le
bruit de l'eau courante !

« Nous l'entendîmes tous au même instant, et ouvrant démesurément les yeux, nous nous mîmes sur
notre séant par un mouvement machinal. Il n'y avait

pas à en douter, c'était bien là le bruit de l'eau, mais où était-elle? Nous nous levâmes sur nos pieds et regardâmes de tous côtés. Nous étions trop loin de la mer pour que le bruit des vagues déferlant sur la grève arrivât jusqu'à nous; d'ailleurs, je l'ai déjà dit, elle était d'un calme plat. Nous voilà cherchant, aussi bien que nous pûmes, à voir à travers les broussailles qui étaient juste de notre hauteur, mais nulle part le moindre filet d'eau ne se montrait à nous.

« Cependant le bruit continuait; bien mieux, il s'accroissait de moment en moment. Plish, Plash, l'eau tombait dans quelque trou qui se trouvait sur son

Ils font la connaissance d'un des principaux habitants.

passage, Swish, Swish, Swish, l'eau reprenait sa marche en s'avançant vers nous.

« Elle arrive, elle arrive! s'écria Jérémie. »

« Et c'était la pure vérité. On pouvait l'entendre maintenant se frayant un chemin à travers les broussailles, et se rapprochant de plus en plus.

« C'est quelque source qui vient de sortir de terre, dit Charles Phibbs, j'ai entendu dire que cela arrivait quelquefois dans les déserts.

— Il serait à désirer qu'elle se dépêchât un peu plus, dit Jérémie, en faisant claquer ses lèvres l'une contre l'autre. Il me tarde d'en connaître le goût.

Mais prenons bien garde, camarades, de ne pas boire d'abord avec trop d'avidité, cela pourrait être dangereux. Pour moi j'y mettrai le temps, car vous pouvez entendre comme moi qu'elle s'étend fort loin.

« Il y en avait en effet une assez belle longueur. Ayez la bonté, monsieur l'artiste, de bien ouvrir vos oreilles, et je vais vous en dire l'exacte dimension, quoique nous n'ayons guère eu le temps de la mesurer bien exactement. Je crois cependant pouvoir assurer qu'il y en avait juste quarante-sept mètres. Qu'en pensez-vous, camarades?

— C'est à peu près ça, fit M. Humm.

— Plutôt moins que plus, ajouta M. Phibbs, j'estime que quarante-sept mètres et trois huitièmes seraient plus près de la vérité.

— Quarante-sept mètres de quoi? d'eau? demanda mon ami George, mordillant d'un air étonné le bout de son crayon.

Non, monsieur, de serpent! Nous avions pris pour le bruit de l'eau, le bruit qu'il faisait en rampant et le sifflement qui accompagnait sa marche. Nous y fûmes trompés jusqu'au moment où, au lieu de voir, comme nous nous y attendions, un clair ruisseau se précipiter à nos pieds au travers des buissons, nous vîmes s'élever en l'air, juste au dessus de nos têtes, une hideuse ligne courbe, brillant de toutes les couleurs de l'arc-en-ciel, et au bout de cette courbe, une paire de mâchoires monstrueuses, rouges comme du feu, armées de dents crochues, de la longueur de la main, et entre ces deux mâchoires une langue fourchue d'un bleu d'acier, pointue comme une aiguille et frétillant comme une guêpe qui va vous piquer. Voilà, monsieur le peintre, la description exacte de la langue. Passez-moi le pot de bière, Charles Phibbs. Pendant que Monsieur achève la terrible peinture du serpent poursuivant trois malheureux marins, je profiterai de ce répit pour m'humecter le gosier.

« Voilà, reprit le narrateur, au bout de quelques instants, voilà, camarades, ce que j'appelle un admirable dessin! Si Monsieur s'était trouvé avec nous, il n'aurait pu rendre la scène avec plus d'exactitude. Le serpent surtout est très-ressemblant. S'il y a quelque chose à dire, c'est contre la langue qui n'est peut-être pas assez fourchue. Mais il n'y a rien d'étonnant à cela, car je ne crois pas que des yeux humains, excepté les nôtres, aient jamais vu une pareille langue. Brrrou!..., quoique cela se soit passé il y a déjà bien longtemps, mes cheveux se dressent encore sur ma tête, quand je pense combien peu il s'en est fallu que nous y fussions tous les trois embrochés.

« Nous fûmes sauvés par un véritable miracle. Affamés et fatigués, nous ne pouvions espérer de lutter avec succès contre ce monstre, qui était là chez lui, habitué au sol et au climat. A en juger par la rapidité avec laquelle il s'avançait, il pouvait facilement nous laisser prendre une avance de trois quarts de mille, et nous rattraper avant que nous eussions complété le dernier quart. Mais, soit que le hasard lui eût fait prendre ce chemin et qu'il fût surpris à notre vue, soit que, ne comptant que sur un homme, il fût embarrassé du choix en en trouvant trois devant lui, toujours est-il que, dès qu'il nous aperçut, il s'arrêta court, dardant sa langue de ci et de là, et lançant de tels éclairs de ses yeux que, si nous les avions seulement regardés quelques secondes, nous eussions infailliblement été aveuglés. Mais vous devez penser qu'il n'y avait pas là pour nous un objet bien attrayant à contempler. Poussant trois cris d'épouvante, qui augmentèrent probablement la stupéfaction de la brute, nous prîmes nos jambes à notre cou et partîmes comme un trait.

« Je ne crois pas cependant que nos jambes seules nous auraient sauvés; mais il nous arriva un nouvel accident, que nous considérâmes tout d'abord comme un autre malheur. Jérémie Humm se trouvait le premier, j'étais derrière lui, et Charles, qui souffrait toujours beaucoup de son orteil, venait le troisième. Nous nous dirigions vers la mer, décidés à y plonger et à nous éloigner du rivage, dans l'espoir que le serpent, qui n'est pas un animal amphibie, ne nous y poursuivrait pas. Je crois avoir dit que Jérémie était le premier. Tout à coup il s'enfonça dans les entrailles de la terre avec la rapidité de l'éclair.

« L'instant d'après je suivis le même chemin et me trouvai sur ses épaules, quelques secondes plus tard Charles Phibbs tombait à son tour sur ma tête.

« J'ose dire que tout ceci ressemble à une fable, mais quelques mots me suffiront pour expliquer le phénomène. L'espèce de trou dans lequel nous étions tombés, était une cavité du rocher, tout à fait cachée à la vue par un rebord qui la recouvrait à demi. Ce n'était pas un simple trou, comme nous nous en aperçûmes avec terreur quand nous fûmes un peu remis des secousses de notre triple chute, et que nous regardâmes autour de nous. C'était l'antre d'une bête sauvage ! Quelle qu'elle fût, elle connaissait son affaire, car dans un coin se trouvait une bonne litière de feuilles, et dans un autre on pouvait voir le train de derrière d'un animal gros comme un cochon, mais avec de la laine au lieu de soies, et des sabots au lieu de pieds fourchus. Le sol était couvert d'une couche d'ossements si épaisse, que nous y enfoncions jusqu'aux genoux.

« Notre premier mouvement fut de remercier Dieu qui nous avait sauvés des mâchoires du serpent. Il n'y avait pas de doute à avoir à cet égard, car, en grimpant sur les épaules de Charles Phibbs, pour atteindre au rebord dont j'ai parlé, je vis Sa Seigneurie regardant d'un air hébété dans toutes les directions, excepté la bonne. Après nous être assurés qu'il n'y avait à notre antre aucune autre issue, nous passâmes à l'examen de la chair qui s'y trouvait. Elle était très-fraîche et très-appétissante. Nous nous assîmes donc et fîmes un excellent repas, ne laissant absolument que les os.

Complétement restaurés alors, nous tînmes conseil sur ce qu'il y avait de mieux à faire. Évidemment c'eût été une grande folie de notre part de rester sur cette partie de l'île, où nous pouvions d'un côté rencontrer une bête féroce, et de l'autre un terrible serpent, sans compter qu'ils n'étaient peut-être pas les seuls de leur espèce. Jérémie Humm, qui était ferré à glace sur l'histoire naturelle, nous assura que les serpents s'endorment toujours dans le milieu de la journée, et que, par conséquent, nous ne courions aucun danger à sortir. Nous fûmes d'autant plus disposés à suivre cet avis, qu'il ajouta que, les bêtes de proie ayant la même habitude, nous pouvions d'un moment à l'autre nous attendre à voir revenir le propriétaire de notre asile.

« En conséquence, après nous être assurés que le terrain était libre, nous nous mîmes en marche, et comme nous nous trouvions au nord de l'île, nous résolûmes de gagner le côté diamétralement opposé, afin de voir si nos chances y seraient plus favorables. Quoique le repas que nous avions fait ne fût pas de la première délicatesse, cependant la viande était juteuse et tendre, et nous avions satisfait notre faim aussi bien que notre soif. Pleins de courage, nous arpentions le sol, gais comme de jeunes chats, et espérant monts et merveilles du sort qui nous attendait à l'autre bout de l'île, car, comme on dit que généralement chaque chose a son bon et son mauvais côté, nous pouvions raisonnablement espérer que nous avions quitté le mauvais pour aller chercher le bon. Nous fûmes cruellement trompés dans notre attente, comme on le verra par la suite, mais n'anticipons pas sur les événements, nous ne devions pas de sitôt arriver à notre destination.

« L'île pouvait bien mesurer vingt-cinq milles de long et autant de large. Nous étions à peu près arrivés à moitié chemin, fort satisfaits de nous-mêmes, quand, tout à coup, un formidable rugissement se fit entendre derrière nous, et nous retournant, nous aperçûmes un tigre gigantesque bondissant prodigieusement, et dirigeant vers nous son museau altéré de sang !

« A l'instant la terrible vérité nous apparut. Cet animal était celui dont nous avions envahi la retraite, et volé le dîner. Et se voyant aperçu, il poussa un nouveau rugissement, plus terrible que le premier, et accéléra encore sa course. Cette fois il nous fallait dire un adieu définitif à la vie ! Compter sur la merci d'un tigre est en tout temps une folie : à quoi donc ne devions-nous pas nous attendre, nous, qui avions fait irruption dans le domicile de celui-ci, et crocheté son garde-manger ! J'avais déjà vu plusieurs tigres, mais jamais d'aussi monstrueux. Tout dans cette île était d'une taille monstrueuse, depuis les papillons jusqu'aux serpents. Si nous avions eu seulement un bâton chacun, il est très-probable que nous aurions fait face au tigre et engagé la bataille avec lui ; mais étant dépourvus de toute espèce d'armes, nous n'avions qu'un parti à prendre, c'était de chercher notre salut dans la fuite. Et cependant, messieurs, jugez combien cette dernière chance était faible, quand vous saurez que devant nous, s'étendant à plus d'un demi-mille, se trouvait un terrain plat, bordé de chaque côté par des rochers trop escarpés et trop glissants pour qu'on pût y grimper ; et le tigre n'était pas à cent mètres de nous !

« Cependant personne ne sait avec quelle rapidité des jambes humaines peuvent courir, à moins de s'être trouvé en pareil cas. Nous dévorions le terrain, notre ennemi gagnant sur nous à chaque bond, lentement, mais sûrement. On comprenait, à ses grondements de rage, qu'il était furieux d'être obligé de courir si longtemps, par ce soleil ardent, pour gagner son dîner. Enfin il allait nous atteindre ; notre dos était déjà couvert de la poussière qu'il soufflait devant lui, et nous étions totalement épuisés ; tout à coup nous aperçûmes une crevasse dans ce mur de rochers, et à une certaine hauteur dans cette crevasse, un arbre solitaire, qui, quoique tout desséché, fut, comme vous le pensez bien, une découverte précieuse pour nous.

En moins de temps qu'il n'en faut pour le dire, nous nous élançâmes dans cette crevasse ; et Charles Phibbs qui se trouvait le premier, grimpa vivement sur la plus grosse branche de l'arbre, qui était d'une espèce commune en ces parages, ayant le tronc lisse jusqu'à un pied du sommet, qui se trouvait orné d'un bouquet de feuilles vertes. Jérémie suivit Charles de près, et je montai le dernier. Ce fut comme par miracle que mes deux camarades ne furent pas seuls laissés en possession de leur abri, car au moment même où je m'élançais, le tigre se jeta sur moi, et avec les griffes de sa patte droite, cloua dans l'écorce le bas d'une des jambes de mon pantalon, mais il arriva heureusement, que, dans son élan, le souffle qui sortait de ses narines et qui brûlait comme de la vapeur d'eau bouillante étant dirigé en plein sur mon dos, la douleur que j'en ressentis me fit faire un saut additionnel, si bien que je laissai le morceau de drap en son pouvoir, et que ma vie fut sauvée.

« Notre première demande s'adressa à Jérémie, qui, je crois vous l'avoir dit, était très-fort sur l'histoire naturelle.

« — Jérémie, est-ce que les tigres peuvent grimper ?

« — Tout à fait impossible, répondit-il.

« A ces mots nous poussâmes trois formidables hourras, en nous massant aussi serrés que possible au sommet de l'arbre, pour attendre la suite de l'aventure.

« Mais, quoique pour le moment nous eussions échappé aux dents du tigre, notre position n'était pas aussi agréable que nous aurions pu le désirer. La branche de l'arbre sur laquelle nous étions perchés, surplombait un précipice d'une profondeur incalculable, dont les côtés étaient armés de pointes et de piquants acérés comme des baïonnettes. Si nous venions à dégringoler dans ce gouffre béant, c'en était fait de nous, et nous pouvions tomber par deux causes. En premier lieu, l'arbre était très-vieux: s'il n'avait pas été solidement enraciné dans le roc, il n'y a pas le moindre doute que le poids de nos trois corps réunis ne l'eût précipité dans l'abîme. Secondement nous avions à redouter les entreprises

Ils sont menacés d'un châtiment terrible pour avoir commis une effraction.

du tigre. Il est vrai que, comme Jérémie l'avait assuré, la bête ne pouvait pas grimper, mais elle paraissait complétement ignorer ce fait, et pendant un quart-d'heure elle ne fit que s'élancer contre le tronc, sans autre résultat que de se cogner violemment la tête, ce qui la rendait de plus en plus farouche. Nous n'y aurions vu aucun inconvénient, si à chaque coup l'arbre n'eût tremblé jusque dans ses racines, nous

secouant en même temps comme un bouquet de cerises. »

— Comme un bouquet de cerises, répéta George,
apprêtant de nouveau son papier et son crayon. Con-
tinuez, mon brave, sans faire attention à moi, je
puis écouter et travailler en même temps.

— Vous ferez bien d'avoir une provision de crayons
tout prêts, capitaine, continua Corker en cachant de
nouveau son nez rouge dans le pot de bière. Si vous
voulez des sujets, je m'engage à vous en fournir. Je
me considérerai comme très-honoré, et mes camarades, j'en suis sûr, partagent mon opinion. Quand
cela ne servirait qu'à montrer en blanc et en noir...
je préférerais que ce fût en rouge, vert et bleu, si
c'était possible... quand cela ne servirait qu'à montrer, dis-je, aux gens ignorants et méfiants, combien la vérité est souvent plus étrange et plus intéressante que les fariboles racontées par certaines personnes, — qui ne sont pas à cent milles d'ici, — à
un tas de badauds, qui prennent tout ce qu'elles
disent pour des paroles d'Évangile. Mais voyons, où
en étais-je?

— Sur l'arbre penché au-dessus de ce terrible
gouffre, dit Charles Phibbs. Vous en étiez arrivé au
moment, — je n'ai garde de l'oublier, — où le tigre,
découvrant qu'il ne pouvait réussir à grimper, se
mit à...

— Lacérer le tronc d'arbres avec ses griffes, et à
arracher avec ses dents de grands morceaux d'écorce,
si bien que ses gencives déchirées étaient tout en
sang, interrompit Corker, en reprenant son récit.
Ce tronc n'était pas très-épais, et si l'animal s'y était
pris avec plus de calme et de méthode, il serait certainement parvenu à le trancher de part en part en
moins d'une heure. Il n'en fallait même pas tant,
car l'arbre, à moitié coupé, notre poids aurait suffi
pour achever de le briser et déterminer sa chute et
la nôtre. Il est vrai que le tigre n'en aurait pas
été beaucoup plus avancé, puisque nous devions

forcément être précipités avec l'arbre au fond du
gouffre.

« Ceci était si évident que le tigre même en fit la
remarque; cessant tout à coup de mordre et de déchirer, il regarda attentivement l'arbre de la base au
sommet, comme pour en prendre la hauteur exacte,
puis d'un second coup d'œil, il mesura la largeur du
gouffre. Se grattant alors la tête de sa patte gauche,
il se coucha tout de son long, et eut l'air de médi-
ter profondément.

Tout à coup il se releva d'un bond plus prodigieux
que ceux que nous lui avions vu faire jusque là. Ses
moustaches frémissaient de rage et sa queue était
plus raide qu'une épissoire. Quant à nous, nos cheveux se tenaient aussi droits que sa queue, et nos
doigts de pied étaient crispés par la peur. J'ai dit
que, lorsque nous rencontrâmes d'abord le tigre, il
poussa un rugissement terrible, j'ai dit aussi que son
second rugissement fut dix fois plus fort que le premier. Eh bien ! celui qui vint maintenant frapper nos
oreilles, et qui paraissait sortir des entrailles de la
terre, fut encore dix fois plus épouvantable. Le rocher où notre arbre était attaché en fut ébranlé, et
la branche à laquelle nous nous cramponnions cra-
qua avec un bruit sinistre. Voici la tigresse qui vient
en aide au tigre, pensâmes-nous, tandis que de
grosses gouttes de sueur ruisselaient de notre front
dans l'abîme. Tout est fini pour nous maintenant,
elle tirera indubitablement son mari d'embarras, et
avant une heure nous serons changés en chair de
tigre.

« Mais dans ce pays extraordinaire il était impossible de deviner toute l'étendue du péril qui vous
menaçait. Vous vous attendiez au pis, eh bien ! ce
pis n'était qu'une piqûre de mouche auprès de la
réalité. Au lieu d'une tigresse, ce fut un lion monstrueux qui apparut en rugissant.

De ces deux terribles animaux, le tigre et le lion,
ce dernier était encore le plus effrayant, en outre de

son aspect décharné et affamé, il avait sa crinière et les crins de sa queue tout entremêlés et mal tenus. La queue elle-même ressemblait à la barre d'un cabestan ployée par l'usage, tandis que sa gueule béante fumait comme si elle avait été chauffée par sa langue rouge qui pendait au dehors; enfin, on peut le dire, un mauvais gueux de lion. Ce qui nous rassura un peu cependant, c'est que le tigre et le

Montrant la fin du tigre, mais non celle du danger.

lion ne paraissaient avoir aucun sentiment d'amitié l'un pour l'autre. Dans toute autre rencontre imprévue, c'était évident, le tigre eût été enchanté d'échapper à la vue de son ennemi. Mais ici la faim l'emporta sur la prudence. Il avait loyalement gagné son dîner, et on comprend sans peine combien il est ennuyeux de voir un grand brutal venir, pour ainsi dire, vous arracher les morceaux de la bouche. Au

3

lieu de prendre la fuite, le tigre se prépara donc au combat. Il s'accroupit au pied de l'arbre, levant son train de derrière, et baissant la tête au niveau du sol, tout prêt à s'élancer, et poussant des rugissements si formidables, que tout autre qu'un lion affamé n'aurait pensé qu'à s'en aller.

« Mais le lion n'eut pas l'air de s'en soucier, il s'arrêta tranquillement, la langue pendante et clignant des yeux, comme pour se demander à qui diable le tigre en avait en se démenant ainsi. Un instant après, entendant le bruit que faisaient nos dents en claquant de peur les unes contre les autres, il leva vers nous un regard étonné. Fermant alors un de ses yeux flamboyants, il fixa l'autre sur le tigre et fit entendre une sorte de sifflement, qui voulait évidemment dire : Ah ! parbleu, je m'explique maintenant le mystère, mon vieux !

Le combat fut quelque chose de terrible. Le tigre, quoique plus faible, était plus agile, et évitait tous les coups que le lion lui portait avec sa patte de devant, dans l'intention de lui briser les reins ; il n'en attrapait que les éraflures, et c'était déjà bien assez. Par moments, les nuages de poils qu'ils s'arrachaient mutuellement les dérobaient entièrement à notre vue, et le sang de leurs blessures tombait dans le gouffre avec le bruit d'une chute d'eau. Notre seul espoir était qu'ils s'entretueraient, ou que, enlacés d'une sauvage étreinte, ils rouleraient ensemble au fond de l'abîme.

« Nous n'eûmes pas cette chance. Bientôt un silence de mort succéda au fracas de la bataille, et quand le tourbillon, qui nous dérobait les combattants, se fut apaisé, tout ce que nous pûmes apercevoir du tigre, fut son train de derrière et sa queue qui sortaient d'une fente du rocher. Quant au lion, il était là, victorieux, se battant les flancs de sa queue, et léchant ses lèvres sanglantes.

« Comme vous, sans doute, Messieurs, j'ai entendu beaucoup parler de la générosité du lion. Mais c'est une mauvaise plaisanterie. Le lion est aussi altéré de sang que le tigre lui-même. Comment le nôtre se conduisit-il en cette circonstance ? Vous pensez peut-être que, vainqueur de son ennemi, il voulut bien nous accorder la vie ; bien loin de là. Après avoir léché ses lèvres l'espace d'une minute, il commença à s'occuper de nous, mais ce ne fut pas pour nous adresser des compliments. Roulant des yeux terribles, et découvrant ses dents formidables, il s'élança sur l'arbre, et se tenant sur ses pattes de derrière, il se mit à l'embrasser et à le secouer comme si c'eût été un simple groseillier. Pendant ce temps il ne cessait de nous injurier dans son langage, et avec une voix qui nous glaçait le sang dans les veines.

« Je croirais volontiers, qu'entre autres choses, il nous conseillait de descendre de notre plein gré, si nous ne voulions pas qu'il nous fît dégringoler de vive force. Naturellement nous préférâmes attendre l'effet de ses menaces. Il ignorait que les marins à qui il avait affaire étaient des marins anglais, c'est-à-dire des gaillards qui grimpent comme des mouches et qui ne craignent pas de tomber des hauteurs les plus vertigineuses, tant qu'ils peuvent se retenir avec l'orteil et la dent de l'œil. De plus, nous avions apprécié le pouvoir de résistance de notre arbre, si bien que, plus il secouait, plus nous tenions ferme. C'était une tâche difficile pour moi, qui, me trouvant le plus bas, étais obligé de supporter en partie le poids de Charles et de Jérémie. Quoiqu'ils se fissent aussi légers que possible, la fatigue finit, à ma grande terreur, par me faire glisser d'un pouce ou deux. Je me vis forcé alors de tenir mes jambes dans une position horizontale, de peur, qu'en les laissant pendre elles ne vinssent à la portée des griffes de notre ennemi.

« Nous demeurâmes dans cette pénible position jusqu'aux approches du soir, l'animal ne cessant de secouer l'arbre que pour nous interpeller grossièrement et nous commander de descendre. Quand la nuit vint, sa rage et son impatience s'accrurent, tandis que notre force et notre courage diminuèrent, car nous sentions bien que si la brute tenait bon, ce n'était qu'une affaire de temps...

« Mais nous ne connaissions pas encore tout le na-

Rhinocéros à la rescousse.

turel de l'animal. Dès que le jour commença à brunir, il discontinua ses secousses, et notre alarme fut grande quand nous le vîmes contempler l'arbre d'un œil satisfait. Il nous prouva alors que pour le lion comme pour l'homme, la nécessité est la mère de l'industrie.

Après avoir palpé la surface de l'écorce, il se mit à réfléchir en se caressant les moustaches. Puis, s'étant retiré un peu à l'écart, il lécha délibérément le dessous de ses quatre pattes jusqu'à ce qu'elles fussent bien imprégnées de sa salive. A une petite distance se trouvait une épaisse couche de sable très-fin. Il se dirigea vers ce sable et y enfonça ses pattes humides, les y tournant et retournant de tous côtés. Un frisson d'horreur courut dans nos veines. Il était évident que le monstre voulait grimper après l'arbre, et que, pour ne pas glisser sur cette surface lisse, il avait recours au sable qui le mettait à même d'exécuter son projet.

« Nos soupçons n'étaient que trop fondés. Nous jetant un regard diabolique, le lion s'avança hardiment vers l'arbre, y appuya ses pattes de devant, au moyen desquelles il se souleva, et en fit autant avec celles de derrière. Il était décidé à nous avoir, et nous étions perdus. Après tant de fatigues et de dangers, nous devions être, l'un après l'autre, arrachés de notre perche et mangés, l'un après l'autre, à la face de nos camarades. J'avoue que je perdis courage. Nous nous mîmes à crier et à nous lamenter d'une telle force que, si le lion avait eu seulement la moitié ou le quart de la générosité qu'on lui attribue, il nous aurait certainement épargnés.

« Cependant il montait toujours. Il était évidemment essoufflé par les efforts qu'il lui fallait faire, mais il n'en avançait pas moins. A la fin il planta une de ses pattes sur la première fourche de l'arbre, et s'arrêta quelques moments pour respirer. C'était moi qu'il devait saisir le premier : « Adieu, Joseph ! s'écrièrent mes compagnons en pleurs, si vous suffisez à satisfaire sa faim, et si nous avons le bonheur de nous en tirer, vous pouvez compter que nous irons consoler votre pauvre vieux père, ainsi que Jemima, votre fiancée ! »

« Mais nous voici arrivés à la partie la plus extraordinaire de l'histoire. Je dis la plus extraordinaire, parce que, toujours fermement décidé à ne dire que la pure vérité, il m'est impossible de l'expliquer d'une manière satisfaisante, comme j'ai fait jusqu'ici pour d'autres circonstances également merveilleuses. Je vous ai montré notre position désespérée, je vous ai dit que nous ne pouvions échapper à la mort, et cependant nous voici tous trois joyeux et bien portants, ce qui prouve que nous parvînmes à nous y soustraire.

« Comment cela se fit-il ? voilà la question. J'emploierais des boisseaux de mots pour vous l'expliquer, que vous ne le comprendriez pas davantage. Je ne perdrai donc pas mon temps d'une manière si ridicule. Voici ce que je sais, et tout ce que mes camarades connaissent à cet égard. Juste au moment où le lion, après s'être reposé, recommençait son ascension, nous entendîmes un grand fracas causé par les pieds de quelque animal gigantesque s'avançant à toute vitesse, et le moment d'après, autant que nous pûmes le distinguer, entendez-moi bien, dans l'ombre de la nuit épaisse, nous aperçûmes le lion lancé violemment dans l'espace, juste au-dessus de l'abîme, et aplati comme s'il venait d'être passé au laminoir ; de plus, un second animal avec un corps noir et luisant, dépourvu de poils, excepté au bout de sa queue, qui ressemblait à un pinceau à barbe, une monstrueuse bête, grosse comme trois chevaux réunis ensemble, passa devant nous avec la rapidité de l'éclair et disparut aussi dans l'abîme béant. Voilà ! maintenant vous en savez autant que moi et que mes camarades, et je serais curieux de savoir ce que vous en pensez.

— Mais sur quoi me demandez-vous mon opinion ? fit mon ami.

— Sur le gigantesque et féroce animal qui nous sauva la vie, répondit M. Corker.

— Ne pouvez-vous pas me le décrire un peu mieux que vous ne l'avez fait ?

Corker regarda ses camarades d'un air d'interrogation, mais ils secouèrent vaguement la tête, et regardèrent fixement les nuages.

— Avait-il des cornes ? demanda le peintre.

— Avait-il des cornes, camarades ? répéta Corker à ses amis.

— Avait-il une corne sur le museau? demanda George frappé d'une idée soudaine.

— Mais bien entendu, répliqua Corker avec emphase; je savais qu'il y avait quelque particularité de cet animal extraordinaire que j'avais entièrement oubliée. Oui, il avait une corne sur le museau; ne vous en souvenez-vous pas, Charles?

— Si fait bien, répondit ce dernier. Je n'ai jamais jusqu'ici parlé de cette circonstance, parce que je croyais avoir été seul à remarquer cette singularité, et j'avais peur que vous et Jérémie ne m'accusassiez de conter des fariboles, si j'en soufflais un mot. Maintenant que me voilà libre de parler, je déclare que l'animal avait deux cornes sur le nez, l'une courbée et l'autre droite.

— Je crois qu'il n'y avait qu'une seule corne, Charles, fit Corker en regardant fixement son compagnon.

— Il est fort possible qu'il y en eût deux, dit l'artiste.

— Oh, bien, après tout Charles peut avoir raison, répliqua Corker évidemment soulagé. »

Pendant ce temps, mon ami avait dessiné un rapide croquis de la scène, telle qu'elle avait été racontée par Joseph, et il l'offrit à notre appréciation:

« Voilà, Messieurs, comment je me figure que la chose se passa, et si je ne me trompe, cet animal que j'ai dessiné là doit ressembler assez à celui que vous avez dépeint. »

Les trois marins regardèrent avidement le dessin, et certifièrent à l'unanimité la ressemblance de l'animal.

« Je le pensais bien, ajouta le dessinateur; c'était un rhinocéros qui vint si miraculeusement vous sauver des mâchoires du lion.

— En vérité? s'écria Corker au comble de l'enchantement. Camarades, vous avez entendu ce que Monsieur vient de dire, c'était un rhinocéros qui nous tira de ce mauvais pas! Camarades, nous serions pires que des païens, si nous ne buvions à la santé du rhinocéros, quel qu'il soit! »

Disant cela, Corker saisit le pot de bière et y but avec une ferveur qui attestait la sincérité de sa reconnaissance. Son exemple fut à l'instant suivi par ses confrères.

« Et ce fut ainsi là le terme de vos aventures sur cette île? demanda mon ami tout en serrant ses croquis.

— Comment? le terme! Je l'aurais souhaité, capitaine, répondit M. Corker en secouant la tête d'un air qui signifiait beaucoup de choses. Je voudrais seulement pouvoir dire — avec vérité, s'entend, car tout l'or du monde ne me ferait pas dire un mensonge, — je voudrais pouvoir dire que ce que je vous ai raconté des aventures qui nous arrivèrent sur ce côté de l'île en était la partie la plus extraordinaire, Qu'en dites-vous, camarades? »

Les amis de M. Corker se contentèrent de lever les yeux au ciel et de pousser un soupir lugubre. Jérémie Humm accompagna ce soupir d'un bruit de doigts très-expressif sur le pot de bière qui se trouvait vide, ce qui évoqua comme par magie le petit garçon qui était allé déjà plusieurs fois le faire remplir.

« Oui, continua Corker, jusque-là nous n'avions exploré que le côté nord de l'île, et c'était le plus beau côté. Comme je l'ai déjà fait observer, il était nuit quand notre sauveur et notre ennemi acharné trouvèrent une tombe au fond de cet horrible gouffre au-dessus duquel nous étions depuis si longtemps suspendus. Trouvant le chemin libre, nous descendîmes, et ce fut avec une profonde satisfaction que nous étirâmes nos jambes engourdies par la gêne d'une position si péniblement prolongée.

« Nous n'avions tous qu'une seule opinion : c'était que plus tôt nous quitterions ce maudit endroit, mieux cela vaudrait. Nous fûmes cependant forcés de retarder un peu notre départ. Vous devez vous souvenir que nous n'avions pas mangé depuis le matin, c'est-à-dire depuis le moment où nous avions dévoré le déjeuner du tigre. Or vous pouvez penser si nos estomacs criaient la faim. La chair d'un tigre n'est pas une viande très-appétissante, surtout lorsqu'elle est crue et recouverte de sa peau; mais vous savez, Messieurs, qu'il n'est sauce que d'appétit. Nous avions devant nous les deux cuisses du tigre sortant de l'étroite fente du rocher où le lion les avait laissées. Nous n'avions ni couteau, ni aucun instrument tranchant, mais en regardant autour de nous, deux des griffes du monstre qui avaient été arrachées pendant la lutte, frappèrent nos yeux, et avec leur aide nous parvînmes à écorcher une des pattes du tigre et à en enlever la chair qui s'y trouvait. Ce n'était pas grand'-chose, car la pauvre créature était horriblement maigre, et j'ose dire que nous n'y trouvâmes pas plus d'une livre et demie de chair. Nous avions l'intention d'opérer de même sur la seconde cuisse, mais chaque bouchée demandant environ une heure de mastication avant de pouvoir être avalée, nous en conclûmes que ce serait perdre notre temps et que la seconde cuisse serait gâtée avant que nous eussions achevé la première.

« La soirée était assez avancée quand nous eûmes fini notre léger repas, mais à notre grand plaisir, nous découvrîmes qu'au lieu d'être sombre comme la nuit d'avant, celle-ci était éclairée par une lune magnifique. N'ayant aucune raison pour retarder notre voyage, nous nous mîmes en route vers neuf heures ou neuf heures et quart, aussi près qu'il nous fut possible de l'estimer.

« Nous marchâmes d'un bon pas toute la nuit, mais ce ne fut qu'après le coucher de la lune, et quand le soleil brilla, que nous pûmes découvrir un changement dans l'aspect du pays et différents objets qui nous convainquirent que l'endroit dans lequel nous nous trouvions était tout différent de celui où nous avions rencontré de si terribles dangers. Le soleil avait déjà parcouru la moitié de sa course, et nous étions épuisés de fatigue, lorsque, en traversant un buisson, nous fûmes arrêtés court par une découverte inattendue, celle d'un piége tendu dans l'intention de prendre un animal quelconque. C'était une machine assez primitive, composée de la scie d'un poisson à épée, emmanchée dans du bois vert, et mise en mouvement au moyen de ressorts en baleine. Mais, comme vous devez le penser, ce qui ne nous parut pas si simple, mais au contraire intéressant au dernier point pour des hommes dans notre position, c'est que l'appât de ce piége était un morceau du bras et de la main d'un homme.

« C'était bien assez pour nous frapper d'épouvante. D'après cela il était évident que cette partie de l'île était habitée, et que, de plus, les habitants étaient des cannibales! Tout individu doué de sens commun n'aurait pu avoir le moindre doute à cet égard. Il était d'abord certain qu'ils n'avaient aucune espèce de respect pour la chair humaine, et en second lieu, ils ne se faisaient pas de scrupule de s'en servir comme appât pour prendre le gibier dont ils avaient besoin. Nous nous regardâmes l'un l'autre, les larmes aux yeux, pas un de nous ne prononça une parole, mais nous pensâmes tous qu'en voulant sauter de la poêle à frire, nous étions tombés dans le brasier.

« Que faire? En supposant que nos forces nous permissent de marcher encore, revenir sur nos pas, et regagner l'endroit que nous venions de quitter, c'était là une perspective fort peu attrayante. Mais nous étions totalement épuisés, depuis vingt-quatre heures que nous n'avions presque pas mangé, et nous n'aurions pu faire un demi-mille de plus. Le seul parti à prendre, c'était de rester où nous nous trouvions, et de tâcher de nous persuader que les choses ne tourneraient pas aussi mal qu'elles semblaient le promettre. Sur cette résolution, nous nous éloignâmes de l'appât dégoûtant qui amorçait le piége, et nous nous assîmes à l'ombre d'un buisson.

« Notre attente ne fut pas longue. Au bout de dix

minutes à peine nous entendîmes des pas sourds qui s'approchaient. Nous crûmes d'abord que c'étaient ceux de quelque animal alléché par l'appât du piége, mais en regardant à la dérobée dans la direction du bruit, nous découvrîmes que c'était non pas un quadrupède, mais bien un véritable sauvage en chair et en os, qui venait probablement s'assurer si la proie avait donné. Il était très-petit, de fait c'était un enfant, mais impossible de voir un objet plus hideux. A l'exception d'un sale morceau de chiffon rouge qui lui entourait les reins, et d'une brochette en os qui lui traversait la partie cartilagineuse du nez, il était complétement nu. Ce qu'il avait de plus remarquable, c'étaient ses cheveux, ou pour parler plus proprement sa laine ; cela ressemblait à un gros balai noir, et comme son corps n'avait guère plus de trois fois la grosseur d'un manche à balai ordinaire, le tout réuni était des plus étranges.

« Comme tous les sauvages connus, il avait le sens de l'ouïe très-développé, et quoique nous respiras-

Les trois vieux marins implorent la pitié des indigènes.

sions à peine, en nous tenant tapis silencieusement comme des souris, il tourna vers nous ses grands yeux ronds, poussa immédiatement un cri effrayant qui n'avait rien d'humain, et se sauva à toutes jambes.

« Nous savions ce que cela signifiait ; il courait raconter à ses parents la découverte qu'il avait faite, et nous allions immédiatement les voir tous tomber sur nous. Quant à ce qui devait s'ensuivre, cela ne faisait pas l'ombre d'un doute.

« Je pris une résolution soudaine. « Camarades, dis-je, nous pouvons, je crois, nous regarder comme arrivés à la fin de notre carrière ; trois hommes mourant de faim et sans armes ne peuvent espérer de se défendre avec succès contre une bande de sauvages comme celle qui va sans doute nous attaquer. Mais ce que nous pouvons faire, c'est de mourir en hommes et en marins anglais. C'est peut-être la première fois que ces sauvages voient des hommes de notre nation. Montrons leur de quel bois ils sont faits. Le chemin qu'a pris le jeune sauvage est celui par lequel ils vont tous venir, prenons ce chemin, et allons à leur rencontre en chantant : *Rule Britannia!* »

« C'est ce que nous fîmes. Quoique éloignés de tout secours, et n'ayant plus aucune espérance, nous étions Anglais, nous ne pouvions oublier notre chère patrie. A cause de la sécheresse de nos gosiers, la musique ne fut pas, peut-être, des plus harmonieuses, mais j'ose dire que cette chanson ne fut jamais entonnée de meilleur cœur, ni rendue avec plus de sentiment.

« Cependant on ne nous permit pas de dépasser le second couplet. L'air fut tout à coup rempli des hurlements et des cris les plus épouvantables, et bondissant de derrière un buisson qui était juste sur notre chemin, les sauvages que nous attendions s'élancèrent vers nous. J'ai lu beaucoup d'articles concernant les sauvages, j'en ai beaucoup entendu parler, j'en ai même vu à la Salle Égyptienne, mais Dieu vous bénisse ! ils ne ressemblaient pas plus aux sauvages de cette île que des conscrits ne ressemblent à un général en chef. Des formes plus hideuses, plus horribles... Ma foi, je renonce à vous les décrire au moyen de la parole. Monsieur le peintre, voulez-vous être assez bon pour me passer votre crayon et votre papier. Je ne suis pas aussi fort sur le dessin que je pourrais le désirer, mais je vous donnerai peut-être une idée grossière de l'aspect de ces sauvages. »

Et avec une rapidité qui montrait évidemment l'impression profonde que l'aspect de ces créatures avait faite sur son esprit, le vétéran esquissa *grosso modo* les sauvages nègres que vous voyez dans ce dessin.

« Celui qui est en avant, continua-t-il, et qui a des tibias en guise de pendants d'oreilles, paraissait être le chef de la bande. Remarquant qu'ils ne se jetaient pas tout de suite sur nous, je repris courage, et je fis comprendre par signes à ce personnage que nous lui serions très-obligés s'il pouvait nous donner quelque chose à boire et à manger. Cette brute ne répondit à ma demande que par un rire insultant, et s'élançant sur moi, il me saisit par les cheveux et se mit à me tirer après lui, tandis que d'autres sauvages, s'emparant de la même manière de Jérémie et de Charles, nous fûmes tous les trois entraînés au pas de course ; ceux qui formaient l'arrière-garde nous piquaient par derrière avec leurs épieux armés d'un os de poisson chaque fois qu'il nous arrivait de broncher.

« Nous arrivâmes de la sorte auprès d'une hutte longue et basse ressemblant à une énorme loge à cochons. Les murs en étaient construits avec de la boue et le toit recouvert d'une espèce de paille. Cependant, à notre grand étonnement, nous trouvâmes que cette demeure ne servait pas d'abri aux susdits quadrupèdes, mais bien qu'elle était la résidence du roi de cette tribu sauvage, lequel, accompagné du prince, son fils, accourut pour nous voir. Sa majesté ne différait de ses sujets que par un air encore plus cocasse ; elle portait un habit anglais couleur de tabac, percé aux coudes et gras comme un torchon sale, qui avait dû couvrir, autrefois, le dos de quelque fashionable. Quant au petit prince, son chef était couronné d'un chapeau en forme de tuyau de cheminée, blanc autrefois, mais devenu presque aussi foncé que le paquet de laine au sommet duquel il était perché. Il était impossible de contempler ce spectacle sans une profonde mélancolie. Où était maintenant le propriétaire de cet habit et de ce chapeau ! Quelque pauvre missionnaire, sans doute ! En portant nos regards de l'habit du roi à ses dents, qui étaient pointues comme des aiguilles, nous frémissions d'y lire la réponse à notre question !

A notre vue le roi se montra tout d'abord enchanté. Il se frotta les mains et fit grincer ses dents acérées d'une manière des plus alarmantes ; mais aussitôt qu'il nous eut palpés, avec aussi peu de cérémonie qu'un boucher palpe un bœuf au marché de

Smithfield, c'est-à-dire en nous donnant des coups dans les côtes et prenant la mesure de la largeur de notre dos; aussitôt, dis-je, qu'il eut fait son inspection, il changea de visage et secoua tristement la tête. Pendant que nous subissions l'examen, le prince s'occupait activement et d'un air joyeux à aiguiser un vieux couteau sur une pierre. Mais quand son père l'eut appelé près de lui et lui eut dit quelques mots à l'oreille, il nous regarda d'un air féroce, jeta avec dépit son couteau loin de lui, éclata en sanglots, et cacha sa figure dans une feuille de palmier qu'il tira de son chapeau, et qui lui servait, je suppose, de mouchoir de poche.

« Après avoir consolé cet aimable enfant, son père se retourna vers les gens de sa suite et leur donna quelques ordres, qui devaient nous concerner, car on nous conduisit immédiatement dans une espèce de cour entourée d'une haute palissade, et qui se trouvait derrière le palais. On étendit ensuite par terre une bonne couche de gazon très-doux, et on nous invita à nous y asseoir. Quelques minutes après, deux sauvages parurent, portant un vase en terre cuite, qui

On les engraisse pour les manger.

pouvait contenir environ un gallon et demi de lait. Ils posèrent ce vase devant nous et nous firent signe de le vider. Vous devez penser que nous ne fûmes pas longtemps à obéir à cet ordre. C'était vraiment d'excellent lait, plus épais que du lait de vache, et beaucoup plus doux; il avait plutôt le goût de crème légère et de miel que de tout autre chose.

Nous ne pouvions comprendre à quelle cause nous devions attribuer ce changement subit dans notre position. Nous étions-nous trompés, après tout, sur les intentions des sauvages, et n'étaient-ils en réalité que de joyeux compagnons pratiquant religieusement l'hospitalité? Il est vrai que leur manière de nous introduire près de leur roi avait été un peu rude, mais cela faisait peut-être partie de leur cérémonial; peut-être leur façon de montrer leur respect pour les étrangers était-elle de les traîner par les cheveux. Nous en étions là de nos réflexions, quand les mêmes sauvages qui avaient apporté le lait reparurent, chancelant sous le poids de ce qui nous parut être la moitié d'un bœuf. Ils déposèrent encore leur fardeau devant nous et nous firent comprendre, toujours par signes, qu'il nous était spécialement destiné. Il était clair maintenant que nous nous étions formé une opinion tout à fait fausse à l'endroit de ces dignes créatures. Après avoir remercié nos pourvoyeurs, nous attaquâmes cette viande avec l'énergie de gens qui sont restés un jour et une nuit sans manger. Ce n'était pas de la viande crue, on ne pouvait pas dire non plus qu'elle fût cuite, mais au demeurant elle était excellente, et je ne dirai pas l'énorme quantité que nous en dévorâmes de peur d'être taxé d'exagération. Quoi qu'il en soit, lorsque nous n'en pûmes plus, nous nous laissâmes tomber en arrière sur notre couche de gazon, et nous nous endormîmes profondément.

« Étant très-fatigués, notre sommeil dura tout le jour; en vérité, je crois qu'il aurait aussi duré toute la nuit suivante si les sauvages ne nous avaient éveillés vers le crépuscule. Le vase fut de rechef rempli de lait, et fut placé devant nous avec ce que nous avions laissé de la viande froide du matin. On ne pouvait mener une existence plus agréable. N'avoir rien autre à faire que manger, boire et dormir! Le roi nous rendait tous les jours visite, et nous regardait manger; mais il était toujours très-affable et poussait la condescendance jusqu'à nous offrir des morceaux de choix de sa royale main, nous forçant, pour ainsi dire, à manger quand nous avions déjà l'estomac plein.

« Nous aurions été ses meilleurs amis ou même ses parents, il n'aurait pas montré pour notre bien-être une plus grande sollicitude. S'il nous arrivait de sommeiller après dîner, nous trouvions à notre réveil une couple de nègres armés de grands éventails en feuilles de palmier, qui agitaient l'air autour de nous, et nous protégeaient contre l'attaque des mouches, qui, dans cette partie du monde, sont d'une grosseur énorme et piquent comme avec des alènes. Souvent, quand nous ne pensions pas être observés, et qu'assis à l'ombre, nous discourions sur notre bonne fortune, il nous arrivait de découvrir tout à coup la figure du roi, nous épiant à travers quelque fente dans la palissade, et qui, la bouche ouverte et montrant ses dents aiguës et étincelantes, exprimait sa joie de nous voir si bien portants.

« Le troisième jour Jérémie eut une attaque bilieuse causée par cette nourriture trop succulente. Il fallait voir l'inquiétude qui régnait autour de nous. Le roi ne voulut pas un seul instant quitter le malade, il lui confectionnait des pilules lui-même, et amena la principale de ses femmes pour le soigner. Naturellement Jérémie maigrit un peu, et sa majesté n'aurait pas éprouvé un plus profond chagrin s'il s'était agi de sa propre mère. A voir l'air mélancolique avec lequel il secouait la tête en palpant les côtes de Jérémie, et les trouvant moins chargées de chair qu'elles l'étaient le matin précédent, on aurait dit qu'il s'agissait pour lui d'une question de vie ou de mort. Je crois qu'il eut quelque soupçon, et qu'il supposa qu'on ne nous avait pas traités selon ses ordres, car aussitôt que Jérémie tomba malade nos domestiques furent changés, et regardant par hasard dans la direction du bois, j'aperçus les trois pauvres diables qui avaient été chargés de nous apporter nos vivres, pendus en ligne à la branche d'un bananier.

« Cependant Jérémie recouvra la santé. Au bout d'une semaine environ, le roi nous fit amener dans la hutte, et nous donna ordre de mettre habit bas. La bonne qualité des vivres et ce lait nourrissant nous avaient engraissés d'une manière merveilleuse, si bien que Jérémie lui-même, qui est naturellement maigre et d'un tempérament délicat, devait peser 100 bonnes livres de plus qu'auparavant. Quand nous eûmes obéi aux ordres du roi, il nous examina comme la première fois, nous pinçant et nous retournant en tous sens, et paraissant indécis encore sur le parti qu'il avait à prendre. A la fin il se décida, et tirant de sa poche un morceau d'ocre rouge, il fit une croix sur le dos de Charles Phibbs, et nous renvoya dans la cour aux palissades.

« Alors, avec la rapidité de l'éclair, la vérité nous apparut. On nous avait engraissés pour nous manger. Nous ne pouvions douter qu'on ne nous eût si bien traités que pour cette fin diabolique, et le pauvre Charles Phibbs, qui avait le mieux profité de ce régime, était marqué comme la première victime.

« Nous devînmes frénétiques de rage et de désappointement, d'autant plus que nous étions maintenant complétement à la merci de ces monstres ; si une chance de nous sauver se fût présentée, nous étions beaucoup trop gras et trop lourds pour pouvoir en profiter.

Fuite et poursuite.

« C'est du moins ce que nous pensions, mais j'ai déjà eu l'occasion de vous le faire remarquer plusieurs fois dans le cours de cette véridique histoire, on ne sait pas ce dont on est capable dans un moment donné. Grâce au ciel, cette chance de nous sauver se présenta. Au plus fort de notre douleur, nous entendîmes un bruit qui nous fit littéralement sauter de joie. C'était le bruit du canon. Aussitôt je me hissai au faîte de la palissade qui entourait notre cour et d'où je pouvais voir la mer. Des larmes d'attendrissement coulèrent de mes yeux, quand j'aperçus un navire anglais en panne à un demi-mille de distance, et un canot anglais monté par des marins se dirigeant vers le rivage.

« C'était le moment ou jamais. J'expliquai à mes camarades aussi rapidement que possible la situation des choses, et nous nous décidâmes immédiatement à agir. Me trouvant être le plus agile des trois, je grimpai pour la seconde fois au haut de la palissade, tirai à moi Charles et Jérémie, et une minute après nous sautions de l'autre côté et nous nous précipitions vers la baie, éloignée environ d'un mille. Mais à peine avions-nous parcouru une distance de 100 mètres qu'un hurlement horrible retentit derrière nous; en jetant un regard en arrière, nous aperçûmes au moins une douzaine de sauvages armés de leurs épieux, et bondissant sur nos traces de toute la vigueur de leurs jambes. Pendant un instant nous crûmes bien être perdus. Mais les marins du canot, entendant les cris poussés par les sauvages, tournèrent heureusement les yeux dans notre direction, virent ce qui se passait, et nous encourageant de la voix, firent de leur côté force de rames. Cette vue redoubla notre courage, et répondant à leurs cris, nous glissâmes comme des sauterelles jusqu'au bas de la colline. Et maintenant, capitaine, si vous voulez bien encore une fois me prêter votre crayon, je vous montrerai quel fut le résultat définitif.

Enfoncés les gourmands.

PÉRILLEUX VOYAGES

DE

BRASS FRÈRES DE BRISTOL

PÉRILLEUX VOYAGES DE BRASS FRÈRES DE BRISTOL.

CHAPITRE PREMIER.

Il fallait voir briller l'œil unique de M. Corker quand, à la fin de son étonnant et émouvant récit, nous le priâmes d'accepter pour lui et ses deux compagnons, Charles et Jérémie, un beau souverain tout neuf. L'éclair qui jaillit de cet œil illumina les rides de sa figure bronzée. Ce fut vraiment une touchante scène de le voir d'abord essayer avec ses dents si la pièce était de bon aloi, puis, satisfait de l'épreuve, la lancer en l'air et la rattraper dans sa main. Enfin, après avoir fait le signe de la croix avec son souverain pour qu'il lui portât bonheur, il le glissa silencieusement dans la vaste poche de son gilet.

« Dieu vous bénisse ! s'écria-t-il quand nous prîmes congé de lui et de ses compagnons. Pourquoi nos pareils trouvent-ils dans le monde si peu de gens qui vous ressemblent? N'allez pas croire au moins que je dis cela à cause de l'argent, qui, comme chacun sait, est un vil métal et la cause première de tous les maux. Mais on éprouve malgré soi une douce satisfaction en voyant qu'il reste encore ici-bas des personnes disposées à suivre les principes dans lesquels mes camarades et moi nous avons été élevés, et dont rien ne pourra jamais nous faire dévier. Toutes les fois qu'il vous arrivera de revenir par ici, si vous voulez encore mettre ces principes à l'épreuve, vous nous trouverez à votre disposition. En ce qui touche nos aventures, tous les chiffres du monde ne suffiraient pas pour compter celles où nous avons tous trois joué un rôle. Nous en avons des cargaisons à votre service. »

D'après cette invitation, mon ami George et moi nous retournâmes plusieurs fois voir les invalides, mais nous l'avouons avec regret, sans aucun résultat satisfaisant. Il est vrai que M. Corker avait, comme il nous l'avait dit, une foule d'aventures en réserve, mais malheureusement il y avait entre celles-ci et les premières une ressemblance par trop frappante. En cet état de choses, nos relations avec les trois vieux marins devinrent plus rares et enfin cessèrent entièrement, du moins nous le pensions ainsi.

En cela, cependant, nous fûmes trompés. Pour je ne sais plus quelle raison, nous avions laissé notre adresse à M. Corker, et plusieurs mois après notre dernière entrevue à Greenwich, au cœur même de l'hiver, un matin que mon ami George et moi nous étions à la croisée à regarder tomber d'épais flocons de neige, nous vîmes tout à coup deux individus s'arrêter devant la grille de notre jardin. C'était, sous beaucoup de rapports, de curieux personnages. L'un d'eux était si petit que, lorsqu'il voulut regarder par dessus la grille s'il ne se trompait pas de numéro, tout ce qu'on pouvait voir au-dessous d'un chapeau à trois cornes était un seul œil, et un nez bourgeonné et à moitié gelé. De plus, pour ne pas glisser sur les marches couvertes de verglas, il se retenait aux barres de fer de la porte au moyen d'un crochet qui lui servait de main. L'autre individu, au contraire, était très-grand, si bien que le chapeau à trois cornes de son compagnon lui arrivait à peine à la hauteur de la troisième boutonnière de son vieil habit noir, fermé

avec soin jusqu'au menton. Cet habit, usé jusqu'à la
corde, couvrait un corps long et décharné réduit à
sa plus simple expression par des jeûnes forcés. Son
chapeau noir tout déformé descendait jusqu'à ses
oreilles, où il rejoignait le collet retourné de son habit. Il avait le nez couleur de betterave gelée, il portait des lunettes, enfin il était occupé à réchauffer de
son souffle le bout de ses doigts qui passaient à travers une vieille paire de gants en coton.

« Quels peuvent être ces deux hommes ? m'é-
criai-je.

— Très-probablement des donneurs d'aubade, répondit George, l'homme grand et maigre est un
joueur de flûte. Les joueurs de flûte sont tous grands
et maigres.

— Mais le petit homme au crochet ne peut pas
être un musicien. Ce sont des mendiants, je suppose,
et cependant..... Entrez. »

La servante entra.

« Une personne appelée Corker, dit-elle, demande
à vous parler pour affaire importante.

— Eh, parbleu! c'est Corker de Greenwich, s'é-
cria mon ami en se penchant de nouveau en dehors
de la croisée, d'où l'on pouvait voir l'invalide à la
jambe de bois se promenant dans l'allée du jardin
avec son maigre compagnon. Aussitôt qu'il aperçut
la figure bienveillante de l'artiste, il souleva de son
crochet son chapeau à trois cornes, et fit un salut
respectueux.

— Faites-les monter tout de suite, dit George.

Nous nous attendions tout naturellement à voir
entrer M. Corker et son mystérieux ami, mais à notre
grand étonnement le vétéran se présente seul. Il re-
ferma doucement la porte, et s'avançant jusqu'au
milieu de la chambre, son chapeau à la main, il nous
dit à voix basse :

« Il est en bas, Messieurs. J'ai pris la liberté de
le faire attendre dans l'allée, tandis que je montais
vous parler d'affaires.

— Mais *qui* est en bas, M. Corker, et que nous
veut-il ? Pour quelle affaire l'avez-vous amené ?

— C'est une merveille, Messieurs, une véritable
merveille, répondit M. Corker en clignant de l'œil de
la manière la plus malicieuse du monde. Je l'ai amené
parce qu'il a joué un rôle dans des aventures qui
vous feront dresser les cheveux sur la tête. C'est ac-
cidentellement que j'ai fait sa rencontre. Vous ne connaissez peut-être pas la taverne du *Vaisseau échoué*
à Deptford. C'est là que je me trouvais hier soir
buvant tranquillement mon verre de bière. Tout à
coup il entre : Camarades, dit-il, voulez-vous faire
cadeau d'une pipe de tabac à un pauvre malheureux
qui devrait rouler carrosse, si son mérite était reconnu.

— Que voulez-vous dire par là ? m'écriai-je. Si
j'étais aussi grand que vous l'êtes, je voudrais bien
voir l'individu assez hardi pour me faire du tort.

— Ce n'est pas un individu, camarade, c'est la
nation tout entière, dit-il, remplissant sa pipe avec
mon tabac. » Ma foi, je vous avouerai que lorsque je
l'entendis parler ainsi, je crus que le pauvre diable
était devenu fou à la suite de quelque rêve insensé.
Je continuai donc à fumer ma pipe sans répondre.
Mais il revient bientôt à la charge.

— Oui, dit-il, il y a au Musée britannique les
noms de beaucoup de gens qui n'ont pas traversé le
quart des difficultés où je me suis trouvé.

— Puis-je demander de quelle nature étaient ces
difficultés ?

— Voyages et aventures, répondit-il.

— En vérité! m'écriai-je, j'ai travaillé à peu près
dans la même partie que vous. Mais quelles contrées,
dites-moi, avez-vous visitées ?

— Des contrées où ni vous ni personne, si je ne
me trompe, n'avez jamais été, répondit-il en secouant la tête d'un air de conviction. Connaissez-
vous par hasard le grand désert de Doublecraque,
dans l'Afrique centrale ?

— C'est un endroit dont je n'ai pas la moindre idée, répliquai-je, et où le trouve-t-on?

— Tout à fait au nord, répliqua-t-il, borné à l'ouest par les montagnes Gobemouche, et à l'est par la rivière Benda, qu'il faut traverser pour atteindre le grand désert de Doublecraque.

— Et quand on y est arrivé, que voit-on? »

C'est alors, Messieurs, qu'il se mit à me conter tout ce que lui et son frère Élie avaient vu, fait et éprouvé dans ce pays extraordinaire. Nos aventures, à nous, comparées aux siennes, ne sont que de la petite bière. Quand je dis qu'il me les a racontées, je veux dire qu'il m'en a raconté une partie, car il était à peine à la moitié que je me dis tout à coup : je connais quelqu'un qui serait bien enchanté d'entendre ce que j'entends. Si ce quelqu'un a jugé convenable de me faire le magnifique cadeau d'un souverain pour la toute petite histoire que mon ami Phibbs et moi nous lui avons racontée, que ne donnerait-il pas à cet homme-ci? Je l'arrêtai donc tout court.

— Camarade, lui dis-je, voulez-vous me donner votre parole d'honneur et de voyageur que tout ce que vous m'avez dit là est entièrement vrai?

Cette demande sembla le blesser vivement.

— De quel droit mettez-vous ma parole en doute? dit-il.

— Pardon, camarade, lui répondis-je, je n'ai pas du tout l'intention de vous offenser, mais écoutez. Je connais par hasard deux Messieurs, mais de vrais Messieurs, faites-y bien attention, qui donneraient probablement quelque chose de plus qu'une pipe de tabac pour entendre le récit merveilleux de vos aventures, si tant est qu'elles vous soient réellement arrivées. Mais je dois vous en prévenir, ce sont deux malins, vous en avez rarement vu de pareils. Vous pourriez en faire accroire à un pauvre diable ignorant comme moi, mais quant à eux, ils vous planteraient là au premier mot un peu hasardé qui sortirait de votre bouche.

— Je suis prêt, dit-il en se levant, tout ce que je vous ai dit et ce qui me reste à dire est de la plus stricte vérité, vous pouvez y compter, comme si vous l'aviez vu.

— En ce cas, répondis-je, vous n'avez qu'à me venir prendre demain matin, et nous irons ensemble voir ces Messieurs.

Et voilà pourquoi je vous l'ai amené. Si j'ai eu tort de prendre cette liberté, soyez assez bons pour m'excuser, j'espère qu'il n'y a pas de mal. Permettez-nous de nous réchauffer un peu au feu de la cuisine et nous nous en retournerons comme nous sommes venus, très-fâchés seulement de vous avoir dérangés. »

Il se trouvait que cette même matinée d'hiver je m'étais décidé à tenir la promesse que j'avais souvent faite à mon ami Gorge, de l'initier aux mystères de la fabrication d'un breuvage anglais très-estimé et qui s'appelle : *du punch aux œufs.* Or le punch aux œufs était juste au point voulu quand M. Corker avait montré son nez à travers la grille du jardin, et, pendant notre colloque, il s'était assez refroidi pour qu'on pût confortablement le boire. En conséquence, en réponse au long discours du vieux bonhomme, je lui versai un plein verre de la délicieuse liqueur, tandis que mon généreux ami courait sur le carré et criait au maigre et grand voyageur de monter immédiatement.

Il avait de très-longues jambes, et l'odeur du punch lui chatouillant sans doute l'odorat, au moment même où la cordiale invitation de l'artiste arrivait à ses oreilles, il joua de ses jambes de telle façon que, quoique l'escalier eût quinze marches, nous n'entendîmes que le bruit de trois pas, et l'homme était à la porte. Il s'était décidé à rabattre le collet de son habit, et avait ôté son vieux chapeau tout bossué. La chaleur intérieure ayant en quelque sorte dégelé ses traits, son aspect s'était de beaucoup amélioré : je n'ose pas dire cependant qu'il eût l'air extraordi-

3

nairement réjoui. Sa figure portait l'empreinte de toutes sortes de tempêtes, ses joues étaient pincées et rentrées, ses mâchoires proéminentes, et ses yeux, gris et enfoncés dans leur orbite, se mouvaient en tous sens d'une façon hagarde, comme ceux des choucas.

En sentant l'odeur du punch il se mit à lécher ses lèvres, et poussa un tel soupir que le bouton, qui serrait son habit à la gorge, faillit en être arraché; malheur qu'il désirait avant tout d'éviter, à en juger par l'empressement avec lequel il y porta la main pour s'assurer qu'il n'était pas survenu d'accident. Nous avançâmes une chaise auprès du feu, et nous lui offrîmes un verre de punch comme à son ami. L'effet fut magique! Son nez perdit son aspect lugubre, ses joues creuses parurent se remplir, et une douce satisfaction illumina son regard. On eût dit d'un chat qui vient de prendre une souris et de l'avaler. Retirant son second gant de sa main large et osseuse, il les plia tous les deux avec soin et les abrita dans son chapeau, que, pour plus de sûreté, il avait remisé sous sa chaise.

« Avez-vous appris à ces Messieurs ce que.....

— Je leur ai dit tout ce que je savais, interrompit M. Corker.

— Merci, reprit le mystérieux étranger en inclinant la tête avec reconnaissance du côté de M. Corker, et parlant d'une voix triste mais affable. Alors il n'y a aucune espèce d'inconvénient à ce que.....

— Vous commenciez? pas le moindre, interrompit de nouveau l'impatient marin. Les jours ne sont pas à présent aussi longs qu'en été, mon cher ami, et plus tôt vous commencerez, plus tôt vous aurez fini.

— Nous sommes tout prêts à écouter l'intéressant récit de vos aventures, ajoutâmes-nous, mon ami et moi.

— Je vous remercie de votre obligeance, répondit poliment l'étranger, et sans autre préambule il commença ainsi :

« Puisque je dois seulement m'en tenir au récit de mes aventures, il est inutile de vous parler des faits qui les ont précédées et de ce qui nous porta, moi, votre très-humble serviteur Goliath Brass, et mon frère Élie, à nous embarquer pour aller chasser et dessiner dans les déserts de l'Afrique centrale.

— Chasser et dessiner! mon brave ami, interrompit George en se levant vivement de sa chaise, et regardant l'étranger avec un intérêt fraternel. Puis-je vous demander si vous êtes le chasseur ou.....

— Je suis l'artiste! répliqua l'homme maigre, à qui l'émotion de son interrupteur n'avait pas échappé. Oui Messieurs, continua-t-il en essuyant par avance avec le dos de son pouce les larmes qui auraient pu mouiller ses yeux; oui, Messieurs, vous voyez devant vous ce qu'on rencontre, hélas! trop souvent, un homme de génie incompris; ce qui est la plus triste profession qu'une créature humaine puisse embrasser; vous voyez en moi un homme qui a fait des peintures, qu'avec votre permission je vous montrerai tout à l'heure — ici il frappa sur la portion de son habit boutonné où se trouve habituellement la poche de côté — et j'espère vous convaincre qu'elles sont au-dessus de l'ordinaire, soit pour le dessin, soit pour l'exécution, bien qu'achevées dans des circonstances sans précédents, et des plus critiques. En dehors de leur mérite artistique, chacune d'elles est la représentation d'un événement du plus palpitant intérêt. Et cependant quelle est ma récompense? Il est vrai qu'on me permet d'exercer l'industrie qui seule répond à mes goûts, mais où? mais comment? Sur les trottoirs, Messieurs, avec des crayons de couleurs différentes. Je dessine des tranches de saumon auxquelles ma pauvreté me défend d'aspirer! Je trace sur la pierre froide et insensible de délicieux quartiers de jambon dont une seule tranche serait si agréable à mon pauvre estomac affamé! »

En achevant ces mots, le pauvre artiste se couvrit la figure de son mouchoir et parut verser des torrents de larmes. Mon ami, se penchant vers lui, l'engagea à prendre courage et aussi à déguster un second verre de punch. Ses larmes avaient été si brûlantes que lorsque son visage reparut au jour, elles étaient complétement évaporées. Ce ne fut cependant qu'après avoir vidé un troisième verre que l'infortuné voyageur-artiste se trouva en état de continuer.

« Entrons tout de suite au cœur de notre sujet, dit-il, afin de perdre de vue le triste et cruel présent. Ne nous souvenons plus que du jour où mon frère Élie et moi, jeunes et pleins d'esprit, nous mîmes à la voile et quittâmes Bristol, notre ville natale. Après un heureux voyage, gais comme deux alouettes, on nous débarquait du caboteur africain *Crinkumcrankum*, sur une côte barbare et inhospitalière. Élie était pourvu d'un bon fusil, d'un couteau de chasse, d'une cartouchière et de provisions en quantité suffisante pour quinze jours; quant à moi, je n'avais que quelques pinceaux, ma boîte à couleurs, quelques mètres de toile, un couteau, un pain et un petit fromage de Hollande. Nous portions en outre chacun nos effets, parce que les chemins que nous devions suivre étaient différents. Élie était grand chasseur; il avait lu beaucoup de récits de chasse, et avait fait la connaissance de quelques empailleurs d'animaux et de tourneurs d'ivoire qui vivaient dans notre voisinage. En conséquence, il avait pris la ferme détermination de chercher fortune dans ces deux branches d'industrie. Il était décidé à chasser le tigre, le lion, tous les animaux féroces qu'il pourrait rencontrer, afin de s'emparer de leur peau, et à chercher l'éléphant, l'hippopotame et le rhinocéros dans leurs différentes retraites, pour les dépouiller de leurs provisions d'ivoire. Dans la poche de son habit de chasse il cachait une scie à main qui devait servir à couper les défenses, et une forte paire de pinces pour l'extraction des dents plus petites.

Avant de quitter Bristol, pour entreprendre notre long voyage, nous avions reconnu la nécessité de nous séparer; mais quand le moment arriva, à l'embranchement fatal de nos routes respectives, nous ne pûmes retenir nos larmes. Un poteau s'élevait à cet embranchement. Sur l'un des côtés étaient écrits ces mots en langue africaine, que mon frère connaissait parfaitement : *Chemin du grand désert de Doublecraque, prenez le troisième sentier à gauche et traversez la rivière Benda.* Sur l'autre côté on pouvait lire : *Chemin direct de Déchiretout.* Notre séparation aurait été bien plus pénible, et nos adieux se fussent considérablement prolongés, si nous n'avions été tous deux dans un enchantement difficile à décrire en voyant nos plus chers désirs à la veille d'être exaucés. Il n'y avait plus à reculer.

« Adieu, Goliath, s'écria mon frère en me serrant les mains avec effusion, bonne chance. Puissiez-vous découvrir ces magnifiques paysages qui ont valu au grand désert de Doublecraque sa réputation universelle! Puissé-je vous retrouver au moment marqué, au rendez-vous dont nous sommes convenus, avec toutes vos toiles, transformées en parterres remplis de ces magnifiques plantes exotiques, de ces superbes fleurs de la forêt : l'Aley compagneano, le Tophecoveverton, le Brandiborlus et tant d'autres qui se presseront sous vos pas! Puissiez-vous vivre assez, Goliath, pour voir vos peintures encadrées et suspendues à la meilleure place dans la galerie nationale, où vous les admirerez à votre aise, jouissant d'un revenu de 1000 livres dont votre pays reconnaissant vous aura gratifié!

— Au revoir Élie, lui répondis-je. Puissiez-vous à votre tour rencontrer des tigres et des éléphants, des lions et des loups, autant que vous pouvez en désirer! Seulement, cher Élie, prenez bien garde aux suites de la rencontre. Puissiez-vous les tuer par centaines et par milliers, et leur enlever à tous leur peau et leurs dents! Puissiez-vous avoir une chance supérieure à celle du plus renommé parmi nos chasseurs modernes! Puissiez-vous enfin posséder autant de fourrures qu'un pelletier de Bermondsey et ramasser une quantité d'ivoire suffisante pour les enfler jusqu'à leur rendre leur forme primitive.

Sur ces souhaits réciproques nous nous séparâmes. Il avait été convenu d'avance que dans un an, jour pour jour, nous nous retrouverions, si nous étions encore de ce monde, sur le quai de Fernando Pô. Nous ne pensions guère que nous devions nous rencontrer beaucoup plus tôt, et dans quelles circonstances ! ! ! Mais n'anticipons pas sur les événements.

Je savais que le grand désert de Doublecraque était encore éloigné d'un nombre de milles plus ou moins grand. Je m'en inquiétais peu, car le temps était magnifique et la route remplie de distractions.

Je marchai pendant plusieurs heures sans rencontrer âme qui vive, à l'exception d'une vieille femme caffre, portant sur son dos une outre pleine de lait. Je lui en demandai à boire, et lui offris en échange un morceau d'ocre jaune. Sitôt qu'elle l'eut en sa possession, elle l'avala avec avidité et fit claquer ses lèvres en signe de satisfaction. Puis je m'assis sous une haie et dînai de pain et de fromage, étanchant ma soif à l'un de ces clairs ruisseaux qui foisonnent toujours dans le voisinage des déserts. Je repris ensuite ma marche jusqu'au coucher du soleil, après quoi je soupai et m'établis confortablement pour la nuit au pied d'un buisson d'épines.

Le jour suivant se passa comme le premier. Il en fut de même pour le troisième et le quatrième. Je me trouvai alors profondément enfoncé dans l'intérieur du pays, et comme on pouvait facilement le voir par la peine que j'avais à me frayer un chemin à travers les broussailles, fort éloigné de toute habitation humaine. Malgré cela, je ne m'ennuyais pas. Dans l'après-midi du quatrième jour, je grimpai au sommet d'un palmier, et de là j'aperçus à une distance d'environ vingt milles la magnifique plaine de Doublecraque s'épanouissant sous les rayons du soleil, comme un gigantesque bouquet de plusieurs milles de diamètre. Le parfum de ce monceau de fleurs était

si puissant que de temps en temps, quand la brise légère soufflait de mon côté, l'odeur qu'elle apportait avec elle me faisait presque trouver mal. Pour ne pas tomber je descendis de mon arbre, je trempai le reste de mon pain devenu légèrement rassis dans du lait de coco en guise de thé, et je me livrai ensuite au repos, décidé à me lever de grand matin, de manière à avoir à peu près terminé mon premier paysage de Doublecraque, lorsque le soleil se coucherait.

Le lendemain en effet, vers l'heure du déjeuner, j'avais atteint ma destination. Essaierai-je, Messieurs, de vous décrire ce paradis ?

— Je ne le ferais pas si j'étais à votre place, fit le positif M. Corker. Vous n'êtes pas venu ici pour vous lancer dans des descriptions, mais pour raconter vos aventures.

— Comme vous voudrez, répondit doucement Goliath Brass. Il se peut que je tarde beaucoup à en arriver à ma première rencontre, mais, Messieurs — et M. Corker peut ici vous le certifier — elle est si incroyablement extraordinaire que j'hésite à vous la raconter, de crainte que vous ne m'accusiez de mensonge. Et je dois vous avouer que toutes les personnes auxquelles j'ai fait le même récit ont conçu à son sujet les doutes les plus graves. On ne se figurera jamais ce que j'ai eu à souffrir pour avoir soutenu l'authenticité de mon dire. On m'a ri au nez, on m'a tourné le dos et peu s'en est fallu qu'on n'allât même beaucoup plus loin, c'est-à-dire jusqu'à me tirer les oreilles ou m'envoyer quelque chose à la tête ou bien ailleurs. Mais il importe, ce qui m'est arrivé m'est arrivé, et je le soutiendrai jusque sur l'échafaud.

J'avais choisi pour mon paysage une vue délicieuse, et j'y travaillais avec toute l'ardeur d'un peintre amoureux de son art. Mon bagage était à ma portée, et au train dont j'y allais, je devais certainement finir ma première toile avant la fin du jour. Tout à coup le silence de mort qui régnait autour de moi fut rompu par un bruit étrange qui retentit à mon oreille. Je fis un tel saut que je barbouillai toute ma peinture et la gâtai complétement. Ce bruit était celui d'une voix, d'une voix humaine, à ce que je pensais — et vous avouerez, Messieurs, que j'avais de bonnes raisons pour le croire, puisque je comprenais ce qu'elle disait — c'était une voix éclatante et caverneuse, comme qui dirait la voix d'un géant affligé d'un mauvais rhume. Je me retournai vivement, et jugez de mon horreur, de ma profonde consternation, quand mes yeux rencontrèrent non pas un géant, mais un lion monstrueux.

Goliath Brass, absorbé par l'esquisse d'un paysage dans le grand désert de Doublecraque, ne se doute pas de la présence d'un critique.

Oui, Messieurs, un énorme individu de l'espèce susmentionnée, avec un visage plus large que celui d'un bœuf, une longue crinière flottante, et des yeux qui brillaient dans leur orbite comme des charbons ardents. Je dois ajouter cependant, et j'en fis la remarque avec plaisir, que ses larges lèvres noires se relevaient au coin de sa gueule comme s'il cherchait à sourire. De plus, sa queue étant parfaitement tranquille, il était évident qu'il n'était pas fort en colère. En suivant la direction de son regard, je m'aperçus que ses yeux étaient plutôt fixés sur ma peinture que sur moi-même. Il y avait dans l'expression de ce regard quelque chose de plus qu'un brutal étonnement, on y lisait de la curiosité, et l'intention de porter un jugement sur le mérite de mon travail, de formuler en un mot son opinion particulière. Je ne me trompais pas, car avançant d'un pas, il s'écria.....

— Qui ça, qui s'écria? demandâmes-nous au comble de la surprise.

— Le lion, répondit M. Brass avec la plus parfaite candeur.

— Le lion ! ! !

— Ah nous y voilà ! Et vous aussi ! j'en étais sûr d'avance, fit Goliath Brass en secouant la tête d'un air de détresse. Oui, j'avais prévu votre étonnement, mais je n'y peux rien, Messieurs, sinon de vous déclarer de nouveau ma ferme détermination de ne dire que la vérité, comme je l'ai toujours fait jusqu'ici. Je répète que le lion parla et que je compris ce qu'il disait. Je sais que le fait doit paraître incroyable, mais rappelez-vous, Messieurs, l'endroit où cela se passait. Les lions du grand désert de Doublecraque sont nécessairement fort différents des autres lions. Veuillez donc bien me croire sur parole, jusqu'à ce qu'un autre voyageur, ayant la bonne chance de traverser ce même désert, vienne me donner un démenti. Remarquez bien que je ne dis pas que mon lion parlât ni l'anglais ni aucune autre langue humaine. Il se peut faire, après tout, qu'ayant respiré le même air que les bêtes sauvages, j'eusse acquis en même temps la connaissance de la langue léonine, et que le monstre ne parlât que sa propre langue. Je ne suis pas obstiné sur ce point, et c'est probablement ainsi que la chose doit s'expliquer.

Voyant que toute l'attention de ce singulier curieux était exclusivement fixée sur ma peinture, je repris courage et le saluai de la façon la plus polie du monde. Là-dessus il s'avança d'un pas ou deux, se mit à flairer ma toile, puis à lécher les couleurs encore fraîches, effaçant du coup plusieurs arbres gigantesques et une plate-bande de ces magnifiques

fleurs : l'*Aley compagneano*. A ce qu'il paraît, le goût lui en déplut, car à ma grande terreur il se retourna avec un mouvement de rage, et se battant les flancs de sa queue, comme si c'était un fouet de charretier :

« — Ah ça, hurla-t-il, singe blanc que tu es, de quel droit fais-tu toutes ces saletés dans mon domaine? Comment, tu as l'impudence de venir ici baver et barbouiller sans arrêt, et répandre en outre une odeur plus ignoble que celle d'une tanière de renards. Ne sais-tu pas où tu es? »

Si je l'ignorais auparavant, il ne me fut plus permis alors de douter que j'avais envahi la retraite favorite du puissant roi des forêts, et je m'attendais à payer de ma vie mon inadvertance. Je ne vis d'abord qu'un parti à prendre : c'était de me précipiter à ses genoux et d'implorer son pardon. Un instant de réflexion sur le caractère de l'animal me fit comprendre qu'un pareil expédient ne servirait qu'à lui donner des doutes sur mon courage, et l'on sait qu'aux yeux du lion la lâcheté est un crime irrémissible. Je me résolus donc à faire bonne contenance, en répondant carrément à sa dernière question.

— S'il plaît à Votre Altesse, lui dis-je d'un air dégagé, je me permettrai de lui faire observer que, pour la première fois de sa vie, elle est dans l'erreur. Je sais parfaitement que je me trouve sur le glorieux territoire du splendide royaume de votre Auguste Majesté, personne mieux que votre très-humble serviteur ne peut avoir le sentiment des paysages enchanteurs qui embellissent vos États. C'est par suite de ce ravissement que je me suis permis d'y pénétrer un moment, afin d'en emporter avec moi quelque chose de plus matériel qu'un simple souvenir.

Il me regarda d'un air ébahi.

— Que signifie tout ce verbiage? s'écria-t-il aussitôt, et que veux-tu emporter? Les bananiers, les palmiers, les figuiers? Ho! ho! tu es certainement le singe le plus suffisant que j'aie jamais rencontré.

Tiens, Monsieur l'emporteur, je vais pour ta peine te charger un de ces arbres sur le dos.

Disant cela, il étendit une de ses larges pattes, et saisissant une énorme branche de bananier, il l'arracha et la lança sur moi. Heureusement je la vis venir et me jetai de côté pour l'éviter, ce qui lui fit gronder un éclat de rire que répétèrent tous les échos de la forêt.

— Que Sa Majesté me pardonne, m'empressai-je de m'écrier. Si j'étais un singe et si j'avais autant d'impudence qu'en possède ordinairement cet animal, j'aurais pensé peut-être à emporter vos arbres ;

Il s'aperçoit enfin de la présence du lion monstrueux, mais fait bonne contenance.

comme je ne suis pas un singe, mais bien un homme, il était impossible que j'entretinsse une pareille idée.

Il me regarda de nouveau avec surprise et laissa échapper un rire de mépris.

« Quelle stupidité! dit-il, que peux-tu donc être sinon un singe? Comme un singe tu marches sur les pattes de derrière, tu fais des grimaces comme lui, et comme lui tu jacasses. Crois-tu donc, insolent drôle, m'en imposer avec toutes tes balivernes? Tu vas peut-être essayer aussi de me persuader que ta chair n'est pas bonne à manger?

Je ne crois pas être lâche, mais je confesse que je

ressentis comme une défaillance en entendant cette sanguinaire allusion. Heureusement je n'en laissai rien paraître.

— Votre Majesté a-t-elle jamais vu un singe comme moi? me hasardai-je à dire.

— Jamais d'aussi atrocement laid, reprit-il; mais je tiens peu à la beauté, qui s'arrête d'ordinaire au-dessous de la peau. Pour moi, le beau c'est le bon, voilà ma devise. »

Je ne savais par quel argument le convaincre que j'étais une créature toute différente de l'ignoble brute pour laquelle il me prenait dans son absurde ignorance. Il n'y avait cependant pas de temps à perdre, car il commençait à lécher ses lèvres d'une manière alarmante. Tout à coup une nouvelle idée me frappa.

— Je ne doute pas un seul instant que Votre Majesté ne se connaisse fort bien en singes, lui dis-je, mais a-t-elle jamais vu un singe fumer?

— J'ai entendu dire qu'ils chiquaient quelquefois, répondit-il en clignant de l'œil, mais ce sont des contes bleus, bons tout au plus à endormir mes petits lionceaux quand ils percent leurs premières dents. Ma lionne leur en raconte bien d'autres dans le même genre. Mais tu ne penses pas me priver de mon souper en voulant me faire croire, à moi, de pareilles niaiseries. Je n'ai rien pris depuis mon déjeuner, et j'espère qu'après tout, puisque tu te donnes pour un singe extraordinaire, je trouverai ta chair tout au moins passable.

— Où Votre Majesté veut-elle me conduire? demandai-je en tremblant.

— Où? mais chez moi, parbleu! Je ne vais pas te manger à moi seul, et crois-tu que je sois disposé à promener ta carcasse pendant plus d'un demi-mille, par la chaleur qu'il fait. Allons, dépêchons ou gare à toi.

En parlant ainsi, il s'avança vers moi et leva sa terrible patte en signe de menace. Si j'avais été chasseur comme mon frère Élie, armé comme il l'était,

j'aurais bientôt fait voir à cet autocrate quelle espèce de singe j'étais. Mais que pouvais-je faire? A l'exception de mon couteau à couleurs et de mon appuie-main, je n'avais d'armes d'aucune espèce. Puisqu'il voulait ma mort, il fallait en prendre mon parti, mais je résolus de mourir dignement.

— Eh bien! partons, dis-je. Je suis prêt. Mais soyez assez bon pour m'attendre une demi-minute. J'ai tous les jours, à cette heure-ci, l'habitude de fumer une pipe, et puisque nous avons à faire une course d'un demi-mille, je vais profiter de l'occasion, et je la fumerai en marchant.

En conséquence je bourrai ma vieille pipe de terre, et tirant de ma poche une allumette chimique, je la frottai vivement sur la semelle de mon soulier. L'effet fut aussi étonnant qu'instantané. Au bruit que fit l'allumette en s'enflammant, M. le lion poussa un hurlement involontaire et sauta en l'air; puis, lorsqu'il vit la flamme :

— Sang et moelle! s'écria-t-il. Qu'est-ce que c'est que ça?

— Rien, répliquai-je, en tirant tranquillement une bouffée de fumée, c'est ma manière de me procurer du feu. Est-ce la première fois que vous voyez chose pareille?

— J'ai déjà vu du feu, répondit-il d'un air embarrassé et s'appuyant alternativement sur chacune de ses pattes de devant. J'ai vu du feu et j'ai aussi entendu le bruit qui l'accompagne, seulement c'était au-dessus de ma tête et par un ciel très-noir. Mais que le même effet pût être produit par un singe frottant sa patte de devant sur sa patte de derrière, c'est ce que j'ignorais tout à fait.

Je vis la terreur qui s'était emparée de l'ignorante brute, mais il n'était pas dans mon intérêt de la rassurer.

— Vraiment! répliquai-je, cela prouve une fois de plus la vérité de ce proverbe : qui vivra verra. Vous êtes cependant dans l'erreur si vous croyez que c'est là mon seul moyen de faire du feu. Aussitôt qu'on touche un peu rudement une partie quelconque de mon corps, la flamme en sort à l'instant.

— Hum! hum! fit-il après un moment de réflexion, voilà qui est très-fâcheux.

— Mais non, repartis-je en riant, c'est au contraire excessivement commode.

— Je commence à croire, après tout, que tu n'es pas un singe, dit-il en se curant niaisement les dents avec l'une de ses griffes.

— Je l'ai dit à Votre Majesté, je suis un homme! Mon nom est Goliath Brass, artiste de profession.

— Qu'est-ce qu'un artiste? Appelle-t-on ainsi tous ceux qui font du feu?

— Non pas, Votre Majesté. Un artiste est un homme qui fait des peintures, répliquai-je.

Mais il ne comprenait pas. « Et qu'est-ce que des peintures? demanda-t-il avec pétulance. Je n'entends rien à toutes ces sornettes. Fais-moi une de tes machines et montre-la moi. »

Comme vous le pensez bien, Messieurs, j'étais enchanté d'avoir trouvé un sujet qui pût l'intéresser, et qui, pour quelque temps, lui fît oublier ses projets agressifs. Avec de l'essence de térébenthine je nettoyai ma toile, j'arrachai quelques fleurs par-ci par-là, j'en fis un bouquet que je posai près de moi, et en quelques coups de pinceau je le reproduisis fidèlement. Il était enchanté.

— C'est très-joli! s'écria-t-il en se frottant les pattes. Si ce n'était que tes fleurs sentent horriblement mauvais, j'aurais peine à les distinguer du modèle. Mais je me connais peu en fleurs, je préfère la viande.

— Quelle viande Votre Majesté préfère-t-elle?

— Mais celle d'un daim, répliqua-t-il, d'un jeune daim bien tendre, de deux ans environ, avec des cornes longues de ça.

Immédiatement j'effaçai mes fleurs, et me mis à peindre un daim. D'abord le lion se tint tranquille-ment assis à mes côtés, me regardant avec une simple curiosité. Mais à mesure que j'avançais dans mon travail, il devint de plus en plus inquiet. Quand j'eus fini de tracer l'animal, mon lion se leva sur ses pattes, s'agitant en tous sens, et grattant la terre de manière à épouvanter un homme qui aurait eu moins de sang-froid que votre serviteur. Aussitôt que j'eus peint un des quartiers de derrière, il se mit à marcher de droite et de gauche, en poussant des gémissements d'impatience. Cependant, quoique je fusse un peu perplexe de ce qui allait arriver, je continuai à peindre d'une main ferme. Je donnais le dernier coup de pinceau au second quartier lorsque, jugez de mon étonnement, j'entendis le lion pousser un rugissement formidable.

— Je ne veux pas attendre plus longtemps, s'écria-t-il. Laisse-moi manger la portion qui est achevée, tu me feras l'autre ensuite.

Disant cela, il s'élança sur mon tableau avec une force prodigieuse, et l'instant d'après la terre était jonchée de débris. Mon tabouret et moi d'un côté, mon chevalet et ma toile d'un autre, et au milieu de tout cela mon lion se débattant pour tâcher de retirer ses griffes qui avaient passé au travers de la toile, juste à l'endroit où se trouvait le daim.

Je ne dirai pas, Messieurs, que je ne me sentis pas rempli d'orgueil en ce moment. J'étais forcé de reconnaître que cet acte de folie du roi des forêts était le compliment le plus sincère qu'on pût adresser à un peintre ancien ou moderne. Cependant la situation était embarrassante. Pour ne rien dire de plus, il était douteux que son admiration pour mon talent l'emportât sur sa rage et sa mortification de se voir privé de sa proie favorite. Il y avait, au contraire, toute apparence qu'aussitôt qu'il serait parvenu à se dépêtrer il s'élancerait sur moi, car il me faisait des yeux terribles. Le pire de tout était qu'il devait s'être aperçu — pour peu qu'il lui restât de bon sens — que je lui en avais imposé à l'endroit du feu. J'avais été

6

rudement bousculé, si rudement que ma casquette et ma pipe avaient été lancées à 50 verges de là ; aucune étincelle, aucune flamme cependant n'avait jailli de mon corps. Le moment d'agir était arrivé ou jamais. Prompt comme la pensée, je saisis, dans la poche de mon gilet, une demi-douzaine d'allumettes chimiques, et en formant un paquet, tandis que je luttais pour me remettre sur mes jambes, je les frottai contre le derrière de mon pantalon. Le feu suivit de près l'explosion.

— Au large ! m'écriai-je, tandis que surpris et effrayé il s'en allait rouler à 5 ou 6 mètres plus loin. Au large ! Je vous ai dit ce qui devait arriver quand on me touchait sans précaution. Au large donc, ou vous allez être réduit en cendre aussi sûr que vous avez une crinière.

Mais sa rage était trop aveugle pour être si aisément apaisée.

— Je te déchirerai, sang et moelle ! Je te dévorerai, misérable ! hurlait-il en se débattant. Attends un peu que j'aie retiré mes griffes de tes sales chiffons. Je t'apprendrai à me faire venir l'eau à la bouche avec tes absurdes peintures ! Je n'ai fait que les lécher une seule fois et j'en suis malade comme un cheval. Pour me faire passer ce mauvais goût, il me faut ton sang, et je l'aurai ! tu peux y compter.

Ni ma présence d'esprit ni mon adresse ne se démentirent.

— Mon sang ! répétai-je, mais vous en avez déjà goûté.

— J'en ai goûté, moi ! Quand ? comment ? demanda-t-il en réussissant enfin à se dégager.

— Vous en avez encore le goût sur les lèvres, dis-je effrontément. C'est avec mon sang que je peins. Ne vous ai-je pas dit que j'étais né peintre ?

C'était là, j'ose m'en flatter, un vrai coup de maître, mais le mérite doit en être attribué, non pas à moi, mais à la nécessité, mère de l'industrie, comme chacun sait ! Le lion donna dans le panneau tête baissée.

— Ton sang ! fit-il d'un air de dégoût. Eh bien ! tu devrais avoir honte de vivre avec une pareille drogue dans les veines. Ce serait vraiment faire un acte de charité que d'envoyer dans l'autre monde un être comme toi. Je te demande un peu à quoi tu es bon.

— Ne vous l'ai-je pas montré ?

— Comment cela ?

— Ne vous ai-je pas fait voir que je peux reproduire tous les objets d'une manière si naturelle, que même un connaisseur aussi distingué que Votre Altesse s'y est trompé un moment, et a pris l'image pour la réalité ?

— Oh oui, tu m'as montré cela, fit-il en se frottant d'un air bourru le côté de la tête sur lequel il était tombé en s'élançant contre ma peinture, mais à quoi sert le portrait d'un animal si ce portrait ne peut être mangé ?

— Mais tous les animaux ne sont pas bons à manger !

— Je m'en aperçois, dit-il en relevant d'un air méprisant sa lèvre supérieure, et découvrant une rangée de dents qui ne pronostiquait rien de bon à toute proie qui serait de son goût.

— Dans mon pays, continuai-je frappé d'une heureuse idée, quand nous possédons quelque objet, beau et rare, nous avons l'habitude d'en faire tirer la ressemblance, afin que, si nous venions à le perdre, nous puissions du moins le garder présent à nos yeux. Ainsi, par exemple, les mâles de notre espèce font souvent faire leur portrait, qu'ils suspendent chez eux, afin que les femelles soient toujours sous leurs regards, et ne manquent pas au respect qui leur est dû pendant qu'ils s'occupent d'affaires au dehors.

Il mordit à l'hameçon au delà de mes espérances. Il est naturellement très-difficile pour nous de décider ce qui constitue ou ne constitue pas la beauté de la race léonine, mais je crois pouvoir me hasarder à dire que le spécimen que j'avais sous les yeux était bien la plus laide brute qu'on pût rencontrer. Évidemment, telle n'était pas son opinion, et vous auriez pu le remarquer vous-même si vous l'aviez vu affecter des airs de dandy, pendant qu'il réfléchissait en se frisant la moustache.

— Tiens, tiens, mais ce n'est pas une si mauvaise idée.

— Bien entendu, insinuai-je adroitement, que ce sont seulement les plus beaux ou les plus vaillants qui se font ainsi reproduire; des chefs de famille, par exemple, comme Votre Altesse. Je puis assurer, Votre Majesté.

Il s'institue peintre ordinaire du roi Léo.

que ces portraits encadrés font un très-bel effet comme ornement, et sont de plus fort utiles. Ainsi, comme je l'ai déjà dit, en cas d'absence de l'original, ses jeunes enfants, mâles et femelles, apercevant son portrait, se disent entre eux : « Voilà notre courageux, notre digne père ; il est allé nous chercher à dîner ;

soyons bien sages et bien obéissants, pendant qu'il se donne tant de mal pour nous. » Et sa femme aussi, voyant ce noble visage, se dit : « Quelle ressemblance frappante, et qu'il me tarde de l'embrasser ! » Il n'y a pas jusqu'aux chacals et aux loups des environs qui, venant rôder autour de la demeure du maître pendant son absence, ne se disent à demi-voix à l'aspect de l'imposante peinture : « Sauvons-nous, s'il revient et qu'il nous attrape, nous n'en serons peut-être pas quittes pour une simple correction. »

— Oui, oui, dit vivement le lion, je vois toute l'utilité de cette exhibition. Mais seras-tu vraiment capable de faire de moi une peinture aussi ressemblante que l'était tout à l'heure celle de ce daim ?

— Plus ressemblante encore ; car, Votre Majesté doit le comprendre, sa personne est pour moi d'un bien plus grand intérêt que celle de toute autre créature. Qu'elle veuille bien se reposer quelques minutes, pendant que je prépare une nouvelle toile, et je lui promets un portrait tel que sa propre mère ne saurait distinguer l'original de la copie.

Doux comme un agneau, le lion s'assit. Je lui fis prendre une pose convenable et je me mis à l'œuvre. Vous m'accorderez, Messieurs, qu'il ne me conviendrait pas de mentir en ce qui concerne cette partie de mon histoire. Je vous ai dit aussi quelle avait été l'admiration du lion à la vue du portrait du daim, qui, j'ose m'en flatter, était parfaitement réussi. Eh bien, Messieurs, pour celui du lion je pris dix fois plus de peine, je déployai tous mes moyens; mais quel fut le résultat? J'aurais pourtant dû m'y attendre : car, dans le premier cas, la gloutonnerie de la brute se trouvait seule en jeu, tandis que dans le second, je me trouvais en présence de sa vanité et de son amour-propre, ce qui rendait l'affaire bien autrement délicate. Mon ouvrage occupait toute mon attention, et quoiqu'il me fallût regarder de temps en temps l'animal pour bien saisir ses traits, je ne remarquai rien de particulier dans sa physionomie. Il est vrai que sur le point d'achever ma tâche, je l'entendis rire à gorge déployée; pensez quelle fut ma satisfaction, car je ne doutai pas un seul instant qu'il n'exprimât ainsi son contentement. Je redoublai d'efforts et j'eus le plaisir de donner le dernier coup de pinceau, juste au moment où la nuit allait venir.

Prenant alors un petit air triomphant, je me retournai vers le lion pour lui annoncer le fait.

Je vivrais cent ans, qu'il me serait impossible d'oublier l'expression de son visage. Je m'attendais tout naturellement à le voir rayonner de plaisir ; mais, tout au contraire, sa face, son corps, jusqu'au bout de sa queue, témoignaient du mépris et du dégoût le plus prononcé.

« Ça, ma ressemblance ! Ça, le magnifique et le noble portrait qui doit faire l'ornement de ma demeure, et rappeler ma lionne et mes lionceaux au respect qui m'est dû, et à l'observation de mes ordres; mais, misérable propre à rien, singe absurde et malfaisant, tu veux donc me rendre la risée de toute ma famille, de tous mes sujets ! Tiens, fais tes paquets, va-t-en, et que jamais je ne te reprenne sur mon territoire ! Ignoble barbouilleur, je ne voudrais seulement pas te toucher du bout de ma griffe, de crainte de la souiller. »

Il dit, et me jetant un dernier regard de mépris, il me tourna le dos et s'éloigna. Quoique j'éprouvasse une certaine mortification à voir si indignement traiter une peinture qui m'avait coûté tant de peine, j'étais pourtant bien aise d'avoir échappé à une mort presque certaine. Maintenant, Messieurs, il ne me reste plus qu'à vous donner les dessins qui illustrent les principaux événements de cette véridique histoire, et j'ai fini.

Disant cela, il glissa sa main dans la poche de côté de son vieil habit, et en tira une liasse de papiers qu'il étala sur la table. Dans le nombre il choisit quatre dessins, dont nous avons donné la copie exacte; mais pendant cette opération les autres croquis, qui pouvaient s'élever à une vingtaine, frappèrent notre vue. Quelques-uns étaient réellement fort remarquables, surtout les trois ou quatre qui se trouvaient en dessus, et qui représentaient les aventures d'un individu quelconque aux prises avec un éléphant. Ce fut de ceux-ci que mon ami l'artiste s'empara.

— Pardonnez-moi, mon cher ami, dit-il, mais à quoi se rapporte ceci?

— Aux tribulations qui arrivèrent à mon pauvre frère Élie, pendant le temps même que je discutais avec mon lion, répliqua Goliath Brass, en secouant la tête d'un air mélancolique. Pauvre Élie, il est maintenant et pour jamais à l'abri de tout danger.

— Eh quoi! tué dans sa rencontre avec l'éléphant? nous écriâmes-nous pleins d'horreur.

— Oh! mon Dieu, non, répondit M. Brass, qui,

Opinion de Sa Majesté à l'endroit du portrait.

épuisé sans doute par son long récit, eut de nouveau recours au punch aux œufs. — auprès duquel il fut secondé par M. Corker; — oh! mon Dieu, non. Élie pouvait facilement tenir tête à six éléphants, un seul de ces animaux n'aurait donc pas pu venir à bout de lui. Je vous en parle savamment, vu qu'il s'est tiré sans une seule égratignure de la rencontre dont il s'agit ici. Désirez-vous, Messieurs, que je vous raconte cette histoire? elle n'est pas très-longue. elle serait certainement achevée avant l'heure du dîner.

— Va donc pour l'histoire de l'éléphant! nous écriâmes-nous, et quand vous l'aurez terminée, nous irons dîner tous les quatre ensemble. »

CHAPITRE II.

«Vous saurez, continua M. Brass, alléché par notre dernière parole, qu'aussitôt que le lion fut parti, je m'empressai d'obéir à l'ordre qu'il m'avait donné de faire mes paquets et de déguerpir de ses États. Je glissai dans la poche de mon habit mes pinceaux, mes crayons et le reste de mes ustensiles, et, me servant de mon appuie-main en guise de canne, je décampai aussi rapidement que possible.

L'ombre de la nuit allait descendre sur la sombre forêt lorsque, dans une disposition d'esprit des plus mélancoliques, je me remis en route. A la vérité, j'avais la vie sauve, mais à quoi me servait-elle? Je n'avais plus de goût pour la peinture, ma valise ne contenait plus que l'écorce du fromage de Hollande dont j'ai parlé, chacun de mes pas dans cet affreux désert m'éloignait de plus en plus de ma belle patrie, et cependant je n'osais pas retourner en arrière, de peur de rencontrer de nouveau mon terrible lion, qui à cette heure se repentait peut-être déjà de n'avoir écouté que son dégoût, et de s'être privé d'un bon souper. Je ne ressens aucune honte, Messieurs, en avouant que la pensée de ma misérable situation fit ruisseler mes larmes sur mes joues. Dans l'excès de ma détresse je me mis même à crier et à appeler Élie de toutes mes forces. Je crus d'abord qu'il me répondait, mais, à ma grande consternation, je m'aperçus que ce que je prenais pour la voix d'Élie était celle d'un ours. Je pris donc le parti de me taire, et continuai sans relâche ma route à travers la forêt jusqu'à la fin de la nuit. Le soleil, en se levant, me montra que j'en avais presque atteint les limites. Au delà le pays était montagneux, et il était impossible à l'œil de découvrir la moindre trace de verdure.

Voilà peut-être, pensai-je, les montagnes de Déchiretout. Si je pouvais trouver seulement à boire et à manger pour soutenir quelques heures mes forces défaillantes, ma bonne étoile me ferait peut-être rencontrer Élie.

C'était là un bien faible espoir. Une heure environ après avoir quitté la forêt de Doublecraque et avoir découvert cette chaîne de montagnes, j'atteignais le sommet du pic le plus élevé, d'où on découvrait une étendue de pays d'un diamètre de plusieurs milles, mais aucune trace d'Élie. Pas le moindre signe d'un être vivant, pas une feuille, pas d'eau, rien qu'un soleil ardent reflété par les roches blanches et nues, qui se fendaient et cuisaient sous cette chaleur tropicale au point qu'il était impossible de s'y tenir sans bouger. Quelqu'un qui m'aurait vu ainsi toujours sautillant ne m'aurait pas pris pour un pauvre misérable sans espoir et sans ami au monde, mais pour un maniaque poussé par sa folie à grimper sur le sommet d'une haute montagne pour se donner la satisfaction d'y danser une gigue. Et toujours pas d'Élie! Enfin, découragé et ne sachant que faire, comme vous devez bien le penser, je pris le parti de redescendre dans la plaine, tout en faisant la désolante réflexion, que, selon toute probabilité, mon pauvre frère avait trouvé un tombeau dans les entrailles de quelque animal féroce. Si moi, qui n'étais qu'un artiste paisible, et tâchant cordialement d'éviter tigres et lions, si moi, dis-je, j'avais vu la mort de si près, quel espoir pouvait-il y avoir pour lui, qui n'avait entrepris ce voyage que dans la ferme intention d'aller à leur recherche et de les massacrer? Je savais, il est vrai, que le courage d'Élie était invincible, mais pensez à quelle extraordinaire espèce d'animaux nous avions affaire.

A ces tristes réflexions je m'arrêtai court, et complétement vaincu par la douleur, je tombai épuisé sur le bord d'un rocher, tellement échauffé par l'ardeur du soleil, que mes larmes en y tombant produisaient le même sifflement que des gouttes d'eau jetées sur du fer rougi au feu. Je suis persuadé que si rien de nouveau n'était survenu pour me tirer de cette espèce de léthargie, je serais resté, là rendu insensible par l'excès même de mes tourments jusqu'à ce que j'eusse été réduit en cendres. Mais il en devait être autrement. Un bruit sourd, d'abord indistinct comme un murmure, vint frapper mon oreille. Ce bruit cessa, pour se faire entendre un peu plus fort une minute après. C'est le bruit du tonnerre, pensai-je. Nous allons avoir quelque orage, et il ne peut venir plus à propos. La pluie refroidira d'abord le sol et me permettra de m'y reposer d'une manière plus confortable; en second lieu, l'eau qui aura rempli les cavités servira à me désaltérer, ce dont j'ai le plus grand besoin. Il y eut une nouvelle interruption, mais j'entendis bientôt le même son dix fois plus violent qu'auparavant. Cette fois-ci, à mon grand étonnement, je reconnus que ce n'était pas le bruit du tonnerre. Il était beaucoup trop perçant et ressemblait plutôt aux éclats d'une trompette gigantesque. Il était en outre accompagné par une espèce de basse, comme qui dirait le roulement produit par les pieds d'un millier de chevaux déferrés.

J'étais alors descendu presqu'au bas de la montagne; je me trouvais à peu près à deux cents mètres de sa base, et les roches pointues qui s'élevaient de tous côtés m'empêchaient de rien voir autour de moi. Je ne sais vraiment comment vous décrire l'aspect du terrain, et cependant cela est absolument nécessaire pour vous faire bien comprendre l'incident que je vais vous raconter. Figurez-vous donc une montagne qui du sommet à la base ressemblait à un im-

mense escalier. Chacune des marches formait une espèce de plaine rocheuse, large environ d'un mille, tandis que les montants qui séparaient ces plateaux l'un de l'autre se trouvaient presque perpendiculaires. Ces montants étaient littéralement hérissés de roches en forme de piques et tellement acérées, qu'il me fallait faire la plus grande attention pour ne pas avoir à chaque pas les pieds embrochés. J'y laissai même deux ou trois fois mes bottes avant de découvrir le moyen d'éviter de pareils accidents et je perdis beaucoup de temps à les retirer de la pointe sur laquelle elles restaient pour ainsi dire fichées. J'étais sur l'avant-dernière marche, lorsque j'entendis le bruit extraordinaire dont je vous ai parlé. En écoutant avec la plus grande attention, je finis par découvrir qu'il venait non de la plaine, mais bien de la montagne, et qu'il se rapprochait de moment en moment. Je pris à l'instant mon parti. Ce bruit devait avoir une signification. S'il me présageait quelque chose d'heureux, plus tôt j'en aurais découvert la cause et mieux cela vaudrait pour moi; si au contraire c'était un danger, j'aimais mieux l'affronter que d'attendre tranquillement qu'il vînt m'assaillir. Je me levai donc brusquement, et me dirigeai vers le montant le plus rapproché, résolu de grimper de l'un à l'autre, jusqu'à ce que j'eusse saisi la clef du mystère. Tout à coup, imaginez quel fut mon étonnement, juste au moment où j'approchais de la partie escarpée, le bruit au-dessus de moi s'accrut au point d'en devenir étourdissant, et un homme roulant, bondissant, vint tomber, heureusement sur ses pieds, tout à côté de moi...

C'était mon frère Élie! Quoique ses vêtements fussent en désordre, tout déchirés et couverts de sang, il était impossible de s'y tromper. Quand on avait vu une fois ses cheveux rouges et rebelles au peigne, on s'en souvenait toujours, et quant à ses traits, je les aurais reconnus rien que par leur ombre. En outre, c'était bien là ses guêtres de cuir; sa poire à poudre pendait à son côté, mais il n'avait ni casquette ni fusil. La seule chose qu'il tînt à la main était une espèce d'objet noirâtre, ressemblant assez à du caoutchouc, long à peu près d'un pied et de la grosseur d'un poignet d'homme. A l'un des bouts se trouvait une touffe de poils hérissés, l'autre était rouge et saignant, comme si l'objet en question avait été tout fraîchement coupé à une créature vivante.

Notre étonnement à tous deux fut grand, mais l'explosion de notre mutuelle tendresse fut plus grande encore. Sans échanger un seul mot, nous tombâmes dans les bras l'un de l'autre, et nous nous embrassâmes comme deux frères qui n'espéraient plus se retrouver sur cette terre de misères. Cependant, quand notre émotion fut un peu calmée, je sentis quelque chose d'humide qui coulait goutte à goutte sur mes joues et jusque dans mon cou, et en y portant vivement la main, je la retirai toute pleine de sang.

— N'ayez pas peur, frère, dit Élie, c'est seulement le sang de mon trophée. La joie que j'ai eue à vous embrasser m'a fait oublier que je le tenais dans ma main.

— Votre trophée, Élie, m'écriai-je en regardant ce dégoûtant objet, mais qu'est-ce donc que cela ?

— C'est tout ce que j'ai pu enlever au plus bel éléphant que j'aie jamais vu, répliqua Élie, qui était bien le garçon le plus insouciant qu'il fût possible de rencontrer et qui avait quelquefois des réparties fort comiques. J'aurais préféré le tenir par les deux bouts ; quoi qu'il en soit, profitons de ce que notre bonne fortune veut bien nous envoyer. Avez-vous dîné, Goliath ? Oui, en ce cas vous m'aiderez bien un peu à préparer mon repas ; je suis aussi affamé qu'une autruche.

— Je n'ai pas dîné, Élie, répliquai-je, pas plus que je n'ai déjeuné ; de fait je suis aussi vide qu'une gourde, mais vous ne pourrez jamais me décider à goûter à cet horrible reptile.

Je pensais que c'était quelque tronçon de serpent.

— Si vous n'êtes pas meilleur artiste que naturaliste, vos œuvres ne figureront jamais à la Galerie-Nationale, Goliath, répliqua mon frère Élie en riant. A quelle classe de reptile appartient la queue d'un éléphant, pouvez-vous me le dire ?

— La queue d'un éléphant !

— Rien de moins, je puis vous l'assurer, dit-il en ramassant quelques morceaux de bois, y mettant le feu au moyen d'une allumette et posant son trophée par dessus ; rien de plus, rien de moins, Goliath, je l'ai coupée aussi près de la racine qu'il m'était possible de le faire. Puisque vous n'avez pas dîné, je puis vous promettre un régal. Il n'y a que ceux qui en ont goûté qui puissent se former une idée de l'excellence d'une queue d'éléphant grillée.

— Mais comment vous l'êtes-vous procurée ?

— Attendez qu'elle soit cuite à point, et pendant que nous en jugerons ensemble, je vous raconterai comment elle est venue en ma possession, interrompit Élie, tout en tournant et retournant la queue au moyen d'une branche fourchue. — A présent qu'elle commençait à prendre couleur, je dois déclarer qu'il en sortait une odeur fort appétissante, ressemblant assez à celle du porc rôti et farci avec de la sauge et des oignons. — J'ignore à quelle source Élie avait puisé ses connaissances en cuisine, mais le voir ainsi prendre soin de son rôti était une leçon pour quiconque avait intérêt à ces sortes de choses. Si je m'étais trouvé à sa place, par exemple, aussitôt que le rôti fut prêt, je l'aurais retiré du feu, dépouillé de sa peau et très-probablement j'aurais brûlé mes doigts pendant l'opération, mais Élie s'y prit tout différemment. Quand la queue fut bien à point, il prit une bonne pincée de poudre, la jeta sur le rôti, et non-seulement l'explosion débarrassa la queue de sa peau et des poils y attachés, mais encore elle fut lancée hors du feu et retomba sur une portion du rocher parfaitement nette. Tout auprès se trouvait un petit creux de la grandeur d'un plat ordinaire. Après l'avoir proprement essuyé avec le pan de son habit de chasse Élie y fit tomber notre rôti, et y ayant fait trois larges entailles avec son couteau, nous eûmes le plaisir de le voir nager dans un jus délicieux. Je n'hésitai pas un seul instant à en accepter ma part. Je ne dirai pas que ma faim, — qui comme on peut le croire était à cette heure devenue une véritable faim canine, — n'y entrât pas pour quelque chose, mais je déclare consciencieusement que jamais, ni avant ni après, je n'ai rien mangé qui fût d'une saveur plus délicate. Si j'étais riche, une queue d'éléphant gril-lée serait un luxe que je me donnerais souvent pour ma table.

Élie était aussi affamé que moi, si bien que pendant environ vingt minutes nous eûmes les dents beaucoup trop occupées pour pouvoir parler ; enfin notre appétit se calma, et, tout en suçant les os, je racontai à Élie, en détail, tout ce qui m'était arrivé dans le grand désert de Doublecraque ; je lui montrai aussi mes croquis faits sur le moment même ou après que les circonstances me l'avaient permis, afin de mieux lui faire comprendre dans quelles terribles

Rencontre merveilleuse et inattendue des frères Brass.

passes je m'étais trouvé. Quand je fis allusion au merveilleux don de la parole possédé par le lion, je vis Élie tressaillir et siffler entre ses dents. J'eus un moment de profond chagrin, à la pensée que mon propre frère qui, mieux que personne, devait me connaître, était disposé à douter de la véracité de mon récit :

— Frère, lui dis-je, j'espère que vous ne me soupçonnez pas de lâcher la bride à mon imagination à l'égard...

— A l'égard du lion qui parle, interrompit-il vi-vement. Mais, mon bon ami, loin de mettre le fait en doute, je suis prêt à y joindre mon témoignage, ac-quis par expérience, comme vous l'apprendrez quand je vous raconterai ce qui m'est arrivé depuis notre séparation.

Comme vous devez bien le penser, ceci me donna une grande satisfaction, et poussé par le désir d'ap-prendre comment Élie allait corroborer mon récit à l'égard du lion doué de la parole, j'achevai mon his-toire aussi rapidement que possible.

— Non plus qu'à vous, frère Goliath, commença

7

Élie, rien qui soit digne de remarque ne m'arriva pendant les quelques heures qui suivirent nos adieux. Je ne rencontrai pas un être vivant, homme ou bête. J'allais toujours, ne m'arrêtant qu'une seule fois vers midi pour prendre quelque nourriture. Au coucher du soleil, n'ayant pas encore découvert la moindre trace de gibier, je commençais à me demander si les célèbres plaines de Déchiretout n'étaient pas beaucoup plus éloignées que je me l'étais imaginé ; je mettais même leur existence en question, et je me disais que j'aurais beaucoup mieux fait de n'apporter avec moi qu'une pincée de sel pour mettre sur la queue des rhinocéros et des hippopotames que je voulais prendre, au lieu de me charger d'une pareille provision de poudre et de balles.

Sous l'influence de ces tristes réflexions j'eus presque envie de revenir sur mes pas et de tâcher de vous rejoindre. Je me décidai cependant à persévérer encore pendant un jour, en conséquence je m'établis confortablement sous un arbre pour y passer la nuit. Ma valise, qui contenait mes provisions et mes munitions, me servit d'oreiller, et je plaçai mon fusil à portée de la main.

Étant très-fatigué, je ne tardai pas à m'assoupir. J'allais bientôt m'endormir tout à fait, quand, dans les branches immédiatement au-dessus de ma tête, se fit entendre le cri d'un oiseau, ressemblant assez à celui de quelque moineau gigantesque. Je n'y fis pas d'abord grande attention, je me contentai d'ouvrir paresseusement les yeux pour voir d'où le bruit provenait, et les refermai aussitôt.

Je ne sais pourquoi, cependant, ce cri monotone et stupide : chip, chip, chip, inquiétait mon sommeil. Vous devez savoir, Goliath, combien un bruit insignifiant par lui-même, une fenêtre agitée par le vent, une souris rongeant le bas d'une boiserie, que sais-je moi, la moindre des choses suffit pour irriter quand on a envie de dormir. Tout couché que j'étais, je remuai les bras et me mis à faire : hish ! hish ! Ef-

frayé, l'oiseau s'envola ; et persuadé d'avoir mis un terme à cette persécution, je posai de nouveau la tête sur mon oreiller.

Mais cela ne me servit absolument à rien — chip ! chip ! chip ! l'ennuyeux volatile était revenu, lançant sa note discordante plus fort que jamais. Je remuai de nouveau les bras, pour la seconde fois il partit. Si tu reviens encore, mon bonhomme, me dis-je à moi-même, je t'enverrai dans un endroit d'où tu ne reviendras pas de si tôt.

Il reparut cependant pour la troisième fois, et de mon côté je lui tins parole. Mon fusil qui, comme vous savez, est — je devrais dire était, car Dieu sait ce qu'il est devenu — mon fusil à deux coups, était debout entre un tronc d'arbre, juste à portée de ma main. Sans quitter ma position horizontale, j'étendis doucement le bras, saisis mon arme, fis feu, et l'instant d'après mon bourreau tombait inerte dans mes mains, mais sans tête, ma balle l'ayant emportée tout net.

C'était un oiseau plus gros qu'il ne m'avait paru, perché qu'il était tout au sommet de l'arbre. Il pouvait être de la taille d'une pie, mais moins volumineux. Son plumage était brunâtre.

Comme il n'avait plus de tête il était impossible de reconnaître à quelle espèce il appartenait ; du moins mes connaissances, fort limitées en ornithologie, ne me permirent pas de le faire, et vous allez voir, mon cher Goliath, que cette ignorance faillit me coûter la vie, ce qui prouve que tout chasseur doit être en même temps naturaliste consommé.

Ma première pensée fut de jeter ce misérable oiseau, mais je changeai d'idée en réfléchissant que si ma chasse du lendemain n'était pas plus heureuse que celle de la journée, je serais peut-être fort aise de le manger pour mon dîner. Je pris donc la peine de me lever, et attachant un bout de ficelle à l'une de ses pattes, je le suspendis hors de toute atteinte, — à ce que je pensais du moins, — à l'une des branches de l'arbre sous lequel je m'étais couché. La nuit étant alors tout à fait venue, je m'étendis de nouveau par terre et fus bientôt profondément endormi.

Je n'ai pas la moindre idée du temps que dura ce sommeil, mais je sais que je m'éveillai avec une terrible peur. On aurait dit que le canon grondait à mes oreilles. Me levant brusquement sur mon séant, je fus témoin d'un spectacle qui me glaça le sang dans mes veines. Vous devez sans doute vous rappeler, Goliath, qu'il faisait la nuit dernière un clair de lune magnifique, si bien qu'on pouvait distinguer les objets aussi parfaitement qu'en plein jour. Mais cette clarté n'était pas nécessaire pour me faire embrasser dans tous ses détails, la terrible scène qui se passait pour ainsi dire sous mes yeux. A trois mètres de moi, et rangés en bataille, se tenaient quatre gigantesques éléphants. Autant que je pus en juger dans la confusion de mes sens, il y avait le mâle, la femelle et deux petits, — quand je dis petits, j'entends qu'ils l'étaient, comparativement aux deux monstres entre lesquels ils se trouvaient. Si un homme couché sur le dos, peut avoir une idée exacte de la dimension des objets, je puis jurer que le plus petit des deux avait au moins huit pieds de haut, tandis que le père et la mère ne devaient pas mesurer moins de quinze pieds.

Je m'expliquai alors le bruit du canon, mon cher Goliath. Leurs petits yeux de cochon étaient tous fixés non sur moi, mon bon frère, mais sur ce misérable oiseau sans tête, exposé sur cette branche d'arbre comme sur un gibet. Se servant de leurs trompes en guise de clairons, ils en tirent des sons lamentables, où la vigoureuse basse du père et de la mère accompagnait musicalement le contr'alto des deux petits. Le bruit qu'ils faisaient en se battant les flancs de ces mêmes trompes ne peut être comparé qu'à celui d'une vingtaine de tonneliers cerclant un foudre. En outre, Goliath, je les entendis parler, et vous comprenez maintenant pourquoi j'ai tressailli et j'ai sifflé à un

certain point de votre étonnant récit. Oui, ils se mirent à parler. Il est vrai que leur voix était comme étranglée par l'intensité de leur émotion, mais cependant assez intelligible, surtout pour moi qui avais un si puissant intérêt à connaître ce qu'ils avaient à se dire. La voix de la mère se faisait entendre au-dessus des autres.

« Nous ne le verrons jamais plus, il est mort, mes pauvres enfants, pleurait-elle. O pauvre petit Buphaga, cher ange aimé qui veillais si fidèlement, si tendrement sur notre bien-être ! Ton doux chant ne nous préviendra plus de l'approche de nos ennemis ! C'en est fait, mes enfants, il a voulu sans doute se dévouer pour nous, son affection lui a coûté la tête ! Oh si nous avions en notre pouvoir le monstre qui a commis ce forfait ! Quand ce serait Borèle lui-même, le noir rhinocéros aux deux cornes, il paierait son crime de sa vie, nous tomberions sur lui, et nous l'écraserions dans la boue sous nos genoux réunis. »

A ces mots, les deux jeunes éléphants recommencèrent de plus belle à pousser leurs glapissements, tandis que le père, laissant tomber de ses yeux de grosses larmes qui ruisselaient jusque sur ses défenses éclatantes de blancheur, se battait les flancs comme s'il avait l'intention de les enfoncer.

La vérité se fit jour alors, Goliath, dans mon esprit coupable, j'avais tué l'oiseau gardien de l'éléphant, connu scientifiquement sous le nom de *Buphaga Africana*. Je ne pouvais même pas m'excuser sur mon ignorance. Il est vrai que je n'avais jamais vu cet oiseau, mais j'avais lu souvent tout ce qui le concernait. Je savais qu'il dévouait sa vie entière au salut des éléphants, hippopotames et autres brutes monstrueuses qui ont la tête beaucoup trop épaisse pour pouvoir penser par eux-mêmes. Je savais que, pendant le sommeil de ces monstres, Buphaga se perchait soit sur leur dos soit sur un rameau voisin, et par ses cris perçants les avertissait de l'approche d'un danger. Je savais enfin que si ces animaux ne répondaient pas assez vite à son appel, il n'hésitait pas à attaquer de son bec la partie intérieure et la plus sensible de leurs oreilles afin d'atteindre plus tôt son but.

J'avais vu des peintures de cet oiseau et je l'aurais sans doute reconnu sans ma maudite adresse qui, en le privant de sa tête, avait emporté aussi son bec en forme d'alène qui en est la forme la plus caractéristique. Pendant ce temps je me gardais bien de bouger, de peur d'être découvert. De fait, si je ne m'étais pas trouvé fort au-dessous de leur rayon visuel, je n'aurais certainement pas échappé à leurs regards quand ils s'approchèrent de l'arbre. Mais cet avantage de position fut annulé bientôt par le tremblement qui me saisit et agita les branches et les broussailles sur lesquelles j'étais couché. Ce bruit devint si fort que le vieil éléphant, cessant de se tambouriner les côtes, baissa les yeux de mon côté pour en découvrir la cause. Je n'oublierai jamais l'éclair qui en jaillit quand son regard rencontra le mien.

« Trompes et défenses ! s'écria-t-il, que diable est-ce là ? »

Et glissant sous moi l'extrémité de sa trompe, il m'en entoura comme d'une ceinture et me souleva à la hauteur de ses yeux furibonds, tandis que la femelle jetait un cri d'étonnement, et que les deux petits reculaient de quelques pas en lançant de petits cris d'alarme, et se couvrant les yeux de leurs larges oreilles.

— Qui es-tu ? Que fais-tu ici ? tonna le vieil éléphant, en me serrant si étroitement que j'en perdais la respiration. Comment te trouves-tu si près du cadavre de notre pauvre ami Buphaga ?

— C'est lui qui l'a tué, le monstre ! cria la femelle en relevant sa trompe et en poussant des gémissements effroyables. Notre ange gardien n'avait jamais vu de créature pareille à celle-ci, et c'est ce qui explique comment ce misérable a pu l'approcher et lui couper la tête.

— Est-ce vrai, gronda son mari, me secouant avec une telle force que deux de mes boutons de bretelles furent arrachés du coup.

— Je vous donne ma parole d'honneur, répondis-je en respirant avec la plus grande difficulté, que je ne lui ai pas plus coupé la tête que vous ne l'avez fait vous-même, je rougirais d'avoir commis une action semblable.

— Comment se fait-il alors que nous te trouvions couché si près de l'endroit où le pauvre oiseau a été assassiné et pendu ? demanda le mâle, qui diminua un peu la force de son étreinte, tout en continuant à me regarder d'un air soupçonneux.

— Je vais vous en dire la raison, répliquai-je, en choisissant à l'instant le meilleur système de défense que j'eusse à adopter. Vous ne me connaissez pas plus que je ne vous connais ; mais, comme tout le monde, j'ai entendu parler du dévouement de ce pauvre petit oiseau. Je passais ici par hasard, et voyant son corps décapité pendu à cette branche, j'en ai ressenti un si vif chagrin que je n'ai pu faire un pas de plus, et suis tombé juste où vous m'avez trouvé.

Ce mensonge me parut avoir un certain succès près du vieil éléphant ; il regarda sa femme comme pour lui demander son avis. Mais elle était d'autant moins crédule que ses yeux se trouvaient fixés sur quelque autre chose, et ce quelque chose n'était rien moins qu'un bout de ficelle sortant de ma poche, et dont le surplus avait été employé par moi pour suspendre le corps du Buphaga.

— Tu as dit que tu passais ici par hasard et que tu as trouvé l'oiseau pendu comme il l'est ? dit-elle.

— Exactement, Madame.

— Alors qu'est-ce que c'est que ça, s'écria-t-elle, enlevant avec dextérité du bout de sa trompe le reste du peloton de ficelle, et le montrant à son mari.

— Ah ! ah ! fit le vieux monstre, recommençant à me serrer plus fort, fais attention à ce que tu vas dire, mon cher, hein ? comment expliques-tu ça ?

Je restai un instant confondu, mais je repris bientôt toute ma présence d'esprit.

— C'est bien simple, répliquai-je. Comme je l'ai déjà dit, le hasard, ayant dirigé mes pas de ce côté, j'ai découvert le pauvre Buphaga assassiné et étendu...

— Assassiné et pendu, tu as dit, interrompit la femelle acariâtre.

— Alors j'ai dit une chose ridicule, répondis-je, car comment cette malheureuse créature aurait-elle pu se pendre elle-même puisqu'elle n'avait plus de tête?

— Je n'ai pas dit qu'elle s'était pendue, repartit la femelle d'un ton sec, ce que j'ai dit, ou du moins ce que j'ai voulu dire, c'est que...

— Le misérable qui a coupé la tête au pauvre oiseau l'a pendu ensuite. — Je suppose que c'est cela que vous alliez dire, Madame, — répondis-je. Mais si vous voulez prendre la peine d'y regarder de plus près, vous m'accorderez que la main d'un ennemi n'aurait jamais fait un nœud aussi soigné que celui-ci. C'est moi qui l'ai fait, Madame. Je n'ai pas pu supporter l'idée de voir cette pauvre bête si bonne, si dévouée, étendue dans la boue. Je l'ai donc ramassée avec le plus grand respect et l'ai posée où elle est. Voilà tout.

Madame n'était convaincue qu'à moitié. Pose-le un peu à terre, dit-elle, et fouillons-le.

En conséquence, à mon grand soulagement, son mari me mit sur mes pieds, et avec la rapidité de l'éclair, la femelle insinuant sa trompe dans la poche de mon habit de chasse, en retira aussitôt le flacon contenant le reste de mon eau-de-vie.

— Qu'est ceci, demanda-t-elle en retirant le bouchon avec l'adresse la plus remarquable et reniflant le liquide, cela sent très-bon.

— Le goût en est encore préférable à l'odeur, Madame, répliquai-je; les éléphants d'Irlande en boivent une très-grande quantité. Goûtez-y, je vous prie.

C'est ce qu'elle fit, et frappant ses lèvres l'une contre l'autre pour marquer son approbation, elle porta de nouveau le flacon à sa bouche et le vida d'un trait.

— Fais mes compliments aux éléphants d'Irlande quand tu les verras, reprit la brute intelligente, en clignant de l'œil comme si l'eau-de-vie lui avait déjà monté à la tête, et dis-leur que si leur politesse est à la hauteur de leur boisson, je serais enchantée de faire leur connaissance.

— Vous pouvez compter, Madame, que je m'acquitterai de votre message, aussitôt qu'il me sera possible de le faire.

— Et qu'est-ce que cela? demanda-t-elle en secouant ma poire à poudre entre le doigt et le pouce de son proboscis.

Craignant que le mot « poudre » ne fût venu à ses oreilles, je dévissai le bouchon afin de lui montrer le contenu et répondis aussitôt:

— C'est du tabac à priser, Madame, et tout à votre service.

— Est-ce aussi bon que ton autre drogue? dit-elle, l'avale-t-on de la même manière?

Cette question semblait n'avoir aucune importance, et je suis sûr, mon cher Goliath, qu'elle n'aurait inspiré aucune idée, ni à vous ni à une personne ordinaire; mais il en est autrement avec un chasseur de cœur et d'âme. Celui-ci ne vit que pour tromper l'instinct des animaux féroces, saisit toutes les occasions propices, et plus les moyens qu'il emploie sont nouveaux, meilleurs ils sont. Dès que l'éléphant femelle eut prononcé les mots en question, un expédient, dont l'originalité égalait l'audace, vint frapper mon esprit. Il n'eut malheureusement pas tout le succès que j'en espérais, et vous partagerez mon regret quand vous entendrez la suite de mon récit.

— Le tabac à priser est bien supérieur à l'eau-de-vie, Madame, lui répondis-je. Il est dix fois préférable, mais il est si fort qu'il n'y a que les mâles qui osent en prendre. On ne le boit pas, on l'avale au moyen d'une tabatière.

— Et quelle espèce d'objet est une tabatière? demanda le vieil éléphant, qui comme sa femme et ses filles semblait avoir entièrement oublié son chagrin de la mort du Buphaga ; leur curiosité, à la vue des choses étranges que je leur montrais, l'emportant sur tout le reste.

— Voici, dis-je ramassant mon fusil à deux coups, un des canons (— duquel, vous devez vous en souvenir —), j'avais tiré sur l'oiseau. — Vous pouvez maintenant, Goliath, voir quel était mon projet, n'est-ce pas?

— Non en vérité, répliquai-je. Je ne vois pas plus le bien que l'odeur de votre canon pouvait faire à l'éléphant, que je ne vois le bénéfice que vous espériez tirer en lui faisant croire que la poudre était du tabac à priser.

— Vous avez toujours en l'intelligence un peu lente, Goliath, reprit Élie en riant et me châtouillant les côtes avec le pommeau de son couteau de chasse. Est-ce que par hasard j'ai entrepris cette expédition dans l'intention de faire du bien aux éléphants et autres porteurs d'ivoire? Ai-je emporté un fusil pour leur offrir une prise de tabac? Non, Goliath, voici quelle était mon intention : engager l'éléphant à introduire le fusil dans sa bouche et lui faire instantanément sauter la cervelle. Mais, comme je vous l'ai déjà dit, mon plan échoua par suite de la gloutonnerie de la femelle.

Voici la tabatière, dis-je au vieil éléphant, en saisissant mon fusil et le lui présentant pour qu'il pût l'examiner à son aise. On y verse du tabac de la manière que je vais bientôt vous montrer, puis vous mettez le bout du canon entre vos dents et vous aspirez aussi fort que vous le pouvez. Désirez-vous essayer?

— Très-volontiers, répliqua-t-il.

— Je veux l'essayer d'abord, s'écria sa femme, je veux l'essayer, mon bon ami, et te montrer comment il faut s'y prendre. Tiens, tu mets ainsi le bout du canon entre tes lèvres — elle joignit l'action aux paroles, tandis que le mâle retenait toujours avec sa trompe la crosse du fusil — et puis tu...

— Oui, oui, je comprends cela aussi bien que toi, répondit le mari ennuyé de se voir traité devant un étranger comme un véritable enfant ; c'est bien, lâche cette machine.

— Je ne veux point la lâcher ; je veux avoir la première dose, répliqua la mégère, tenant toujours le canon entre ses lèvres. Mais à peine avait-elle prononcé ces mots, que l'éléphant mâle en colère donnant une violente secousse au bout qu'il retenait, le coup partit, et l'instant d'après, la partie supérieure du crâne de la brute obstinée fut lancée dans toutes les directions. Elle s'affaissa sur elle-même comme un arbre sous la hache du bûcheron et son sang inonda le sol au point qu'on y enfonçait jusqu'à la cheville.

Cet accident, mon cher Goliath, — car on ne peut autrement l'appeler, — cet accident me prit tout à fait au dépourvu ; mais quel effet produisit-il sur le mâle gigantesque et sur ses deux petits? Je ne connais pas de mots qui puissent l'exprimer. Ces deux derniers furent à l'instant saisis comme d'une attaque de nerfs ; ils se laissèrent tomber à la renverse, en lançant de tous côtés leurs jambes informes et poussant des cris impossibles. Le vieux mâle cependant, quoiqu'en proie à l'étonnement et à la frayeur, se comporta d'une manière plus digne. Il se tenait là immobile, les oreilles pendantes, la queue relevée, le bout de sa trompe reposant sur son front; enfin, je puis vous assurer, c'était la véritable image du plus profond désespoir. Évidemment il n'avait plus aucune conscience de ce qui se passait sous ses yeux, et si mon fusil avait été chargé, je lui aurais envoyé une balle derrière l'oreille avec la plus grande facilité; mais non-seulement les deux canons se trouvaient vides, mais encore le fusil était resté aux pieds de l'éléphant, nageant dans le sang, et complétement hors de service jusqu'à ce qu'il fût nettoyé et séché.

Dans cet état d'accablement le mâle n'était pas plus à craindre qu'un éléphant de bois, mais il était aussi impossible de conjecturer combien de temps durerait cette apathie, que de deviner dans quelle disposition d'esprit il serait en revenant à lui-même. Se sauve- rait-il aussitôt qu'il aurait recouvré l'usage de ses jambes, ou serait-il transporté de fureur et altéré de vengeance contre le premier auteur du meurtre de sa compagne? Je l'ai déjà dit, ce meurtre fut l'effet d'un accident, et si on avait pu se faire écouter, je lui aurais très-facilement prouvé qu'il n'y avait pas de ma faute, car vous avez vu qu'il était assez crédule. Je réfléchis, toutefois, que lorsqu'il reprendrait l'u- sage de ses facultés, il ne serait très-probablement pas en état de raisonner froidement, et ce que j'avais de mieux à faire, s'il voulait bien me le permettre, c'était de me sauver à toutes jambes.

A ma grande joie il me laissa faire. Il me permit de ramasser mon fusil, sous sa trompe, et de m'é- loigner sans qu'il tournât une seule fois la tête pour voir quel chemin je prenais. Après avoir parcouru en courant une distance d'environ 200 mètres — car vous devez bien penser que je me mis à courir après avoir dépassé les arbres — je me retournai et le vis toujours dans la même position. Quoique je ne pusse apercevoir ses deux petits, je distinguai parfaitement la poussière soulevée par leurs pieds et j'entendais distinctement leurs cris. Je m'arrêtai alors.

Si tu es assez stupide pour ne pas vouloir profiter de tes avantages, mon bonhomme, pensai-je, je ne suis pas assez fou pour suivre ton exemple; et tirant de ma poche une poignée de bourre, je me hâtai de nettoyer mon fusil afin de le mettre en état de ser- vir aussi rapidement que possible; mais au moment où je le chargeais, je jetai par hasard les yeux vers l'animal, et quoiqu'il me tournât le dos, je reconnus

qu'il revenait à lui. Sa queue avait perdu sa rigidité, et se mouvait de ci et de là comme le balancier d'une pendule qui irait beaucoup trop vite. Attends-moi encore dix secondes, mon cher, et je serai prêt à te recevoir, me dis-je, en me dépêchant de terminer mon opération.

Mais il ne voulut pas attendre. Tout d'un coup, comme s'il avait deviné ma pensée, il tourna court et s'élança vers moi en poussant un beuglement qui fit tomber les feuilles de tous les arbres d'alentour. Il venait avec une telle rapidité que vouloir lui échap- per en courant en droite ligne eût été un projet in- sensé. J'usai donc de ruse, me cachant derrière les troncs d'arbre, profitant des accidents du terrain et décrivant des cercles imprévus. En voulant me suivre, il se cogna plus d'une fois fort rudement la tête, mais au lieu de l'arrêter, tous les obstacles que je lui op- posais ne faisaient qu'accroître sa fureur et son désir d'assouvir sur moi sa vengeance. Quand je le vis si décidé et qu'il gagnait à chaque instant sur moi, je saisis mon fusil avec mes dents, m'élançai sur l'arbre le plus rapproché, et me cachai au plus épais du feuil- lage, espérant qu'il ne remarquerait pas ma ma- nœuvre et passerait sans me voir. Mais je me trom- pais. Autant, quelques moments avant, il m'avait paru ahuri et stupide, autant il était devenu mainte- nant alerte et ingénieux. Il se dirigea tout droit sur mon arbre, l'entoura de sa trompe, et à mon grand effroi, se disposa à l'arracher net. C'était un arbre assez gros, mais résisterait-il aux efforts de ce ter- rible géant à quatre pattes? Heureusement il résista. Convaincu de ne pouvoir effectuer son projet avec l'aide seule de sa trompe, l'éléphant regarda autour de lui, et apercevant une forte protubérance dans le tronc de l'arbre, et à une hauteur convenable, il y appuya l'épaule en guise de levier; ce second moyen ne réussissant pas mieux, il se mit à gratter sa tête avec l'extrémité de sa trompe comme pour chercher une nouvelle idée, et commença délibérément, à l'aide de ses longues défenses, à creuser le terrain autour des racines de l'arbre sur lequel j'étais perché.

Tout semblait fini pour moi. S'il y avait eu un second arbre à proximité, je n'aurais pas hésité à y sauter. J'aurais fini de charger mon fusil et j'aurais fait feu; mais sous ses efforts l'arbre se balançait d'une telle manière que j'avais peine à m'y tenir, même avec mes deux mains; à plus forte raison n'aurais-je jamais pu viser si mon fusil s'était trouvé en état de service. Mon sort paraissait inévitable, lorsque ma bonne étoile, Goliath, qui m'a toujours protégé depuis mon enfance, vint de nouveau à mon secours.

Regardant au-dessous de moi, je vis que la brute avait creusé une énorme tranchée autour des racines, et son méchant œil rencontrant en ce moment le mien, l'effroi qu'il y remarqua lui donna de nouvelles forces: il se remit à son travail avec un nouvel acharnement, l'arbre décrivait des arcs de cercle de plus en plus étendus, et menaçait à chaque instant de ne plus se relever. Tout ce que je pouvais faire, c'était de me tenir, en me cramponnant des pieds et des mains partout où je pouvais. Tout à coup, dans un de ces efforts, ma jambe disparut jusqu'au genou. Je crus pendant un instant qu'elle avait glissé en dehors de l'arbre, mais à ma grande joie je découvris bientôt mon erreur. C'était en dedans et non en dehors. Quoique paraissant parfaitement sain, cet arbre était creux de la base au sommet, et m'offrait le moyen de m'échapper. J'en profitai à l'instant. Mon second pied se trouvant libre, j'agrandis le trou que j'avais fait par accident dans ce bois pourri, et quand il fut assez large, je m'y laissai glisser et arrivai ainsi sans bruit jusqu'au bas.

Il n'était que temps, Goliath. A peine mon pied avait-il touché le fond que l'arbre céda et tomba avec un bruit si horrible, accompagné d'un tel grincement, que j'eus les dents agacées pendant plusieurs heures. Les choses arrivèrent comme je l'avais pensé. Aussitôt que l'arbre fut par terre, l'éléphant s'élança vers le feuillage, pour me chercher parmi les branches où il m'avait aperçu, laissant ainsi le côté des racines entièrement libre. Prompt comme la pensée, je me glissai dehors, et rampai à travers les broussailles pendant environ 50 mètres. Je me remis alors sur mes pieds et commençai à courir, un regard jeté derrière moi me montra, à ma vive satisfaction, que la stupide brute continuait sa vaine recherche dans les branches de l'arbre renversé, et présentait l'image fidèle de la rage inassouvie et d'une complète stupéfaction.

Il est étonnant, mon cher Goliath, de voir les hommes les plus habiles se perdre souvent, faute de penser aux choses les plus simples. Ainsi, j'ose dire que la manière dont j'avais déjoué les diaboliques intentions du vieil éléphant montrait assez mon sang-froid et mon esprit d'invention, mais dès que j'eus atteint mon but, je me rendis coupable d'une stupidité qu'un écolier n'aurait pas commise. — Ne crie pas avant d'être hors du bois, dit le proverbe. — Eh bien, je me mis à crier, ou plutôt à rire à gorge déployée. C'était un rire de mépris et de triomphe, après quoi, me courbant le long des buissons de manière à ne pas être aperçu, je recommençai à courir plus fort que jamais.

C'était une grave imprudence, je le reconnus bientôt. L'éléphant, entendant ma voix et reconnaissant que je m'étais échappé, regarda de tous côtés avec le plus profond étonnement. Après tout, j'aurais peut-être réussi à le tromper et à gagner au large, s'il avait été seul, mais je comptais sans les deux petits éléphantaux. J'en avais absolument perdu le souvenir, et mon malheur voulut que je me dirigeasse vers l'endroit même où je les avais vus se roulant par terre en proie à des attaques de nerfs. Ils étaient debout maintenant, et je vins sur eux tellement à l'improviste qu'il me fut complètement impossible de les éviter. Ils se tenaient au beau milieu du sentier et en occupaient toute la largeur. De chaque côté se trouvaient des buissons d'épines épais qu'il

fallait renoncer à y pénétrer. Ce n'était pas le moment d'hésiter, et comme ils me tournaient le dos,
je me dirigeai vers le plus petit des deux, qui n'avait
pas moins de sept pieds de haut, et prenant mon
élan, je le franchis d'un saut, et, à sa grande stupéfaction, retombai juste devant ses yeux.

Leur étonnement cependant ne fut pas assez profond pour leur enlever l'usage de la parole. Dès qu'ils
m'aperçurent ils se tournèrent vers leur père, et se
mirent à pousser des cris horribles : le voici! le voici,
père! Il se sauve de ce côté; vite, vite, ou le meur-
trier de notre pauvre mère va s'échapper! J'entendis

Audace d'Élie. Il tente de commettre un éléphanticide.

immédiatement un bruit pareil à celui du tonnerre,
et le craquement des branches et des buissons m'ap-
prit que mon ennemi était de nouveau à mes trousses.

Il s'agissait ici de vie ou de mort. Vous m'avez vu
courir, Goliath, et j'ose dire avec une assez grande
rapidité, quand le prix de la course n'était qu'un

chapeau neuf ou une montre d'argent. Si dans ces
occasions on m'avait demandé : pouvez-vous courir plus vite? j'aurais répondu : non, sans hésiter.
Mais Dieu vous bénisse, Goliath, quand j'entendis le
vieil éléphant derrière moi, je franchis l'espace avec
une rapidité dix fois plus grande. Je touchais à peine

8

terre, et sautais par dessus buttes et buissons sans me soucier de leur hauteur. De cette manière je parvins à gagner de l'avance sur mon ennemi, et après avoir ainsi parcouru six ou sept milles, comme j'entendais derrière moi beaucoup moins distinctement le craquement des branches, je commençais à avoir quelque espoir de m'en tirer. Mais hélas! je le sentis, la respiration allait me manquer; mon seul espoir était que l'éléphant serait arrêté par la même cause. Vaine espérance! Je jetai un regard en arrière et l'aperçus, frais comme une rose, dirigeant droit sur moi son énorme trompe au moyen de laquelle il éventait sans doute la direction que j'avais prise.

Il était donc évident que je ne pouvais le vaincre à la course. J'aurais eu le temps de grimper de nouveau dans un des arbres dont le terrain était couvert, mais je ne pouvais guère penser que ma bonne chance m'en ferait rencontrer un qui fût aussi favorable que le dernier. Le meilleur parti à prendre, et qui était en même temps le plus hardi, était de m'arrêter, de me cacher derrière un tronc d'arbre, et lorsqu'il serait à portée, de me présenter hardiment et de lui lâcher un coup de fusil dans quelque partie vitale.

Mettant promptement mon idée en exécution, je fis halte à l'ombre d'un des monarques de cette forêt, pour retrouver ma respiration et me préparer à la rencontre. Je n'avais pas de temps à perdre, car deux minutes après j'entendis la terre résonner sous le bruit de ses énormes pieds; il arrivait au grand trot. Au bout de quelques secondes, je pus entendre sa respiration, et quand il fut à 10 mètres de ma cachette, j'en sortis brusquement et je l'ajustai.

Le résultat ne fut pas brillant. A ma vue il ouvrit tant qu'il put ses énormes mâchoires, me donnant ainsi la plus grande facilité pour lui loger une balle dans la gorge. C'est ce que j'aurais fait immédiatement, si je n'en avais été empêché par une circonstance imprévue. Je me figurais avoir suffisamment essuyé et séché les canons de mon fusil après l'avoir ramassé

dans le sang de cette maudite femelle, mais j'étais dans l'erreur. De plus, quand je me laissai couler au fond de mon arbre, la sciure de ce bois moisi avait rempli les canons humides et s'était durcie, si bien que lorsque je lâchai la détente, au lieu d'une détonation, j'entendis comme le sifflement d'une fusée, et quelque chose ressemblant assez à une saucisse sortit tout à coup du canon et disparut dans la gorge de l'éléphant sans le faire seulement sourciller.

A peine avais-je fait cette observation que je me sentis enlevé et lancé en l'air, mon fusil et ma casquette tombèrent je ne sais où; jetant un regard terrifié au-dessous de moi, tout ce que je pus apercevoir fut un large dos d'éléphant terminé par une queue fièrement levée et dont chacun des poils se hérissait. Vous avez entendu dire, Goliath, qu'un homme qui se noie se cramponne à un brin de paille; ma position était tout aussi désespérée, mais je pouvais heureusement me cramponner à quelque chose de plus solide qu'un fétu.

— Que le diable emporte ce misérable et sa tabatière, où donc est-il passé? murmura-t-il. Je sais que je l'ai lancé à une assez grande hauteur, mais s'il avait eu à tomber, il serait par terre à cette heure. Après tout, il n'a peut-être pas l'intention de redescendre, il serait dans ce cas inutile d'attendre plus longtemps, et ce que j'ai de mieux à faire est de m'en retourner consoler les pauvres enfants qui se désolent là-bas.

Mais quand il voulut mettre son arrière-train en mouvement, il sentit quelque chose qui le gênait. Il chercha à s'en débarrasser en fouettant sa queue de droite et de gauche, mais la queue resta immobile. Ce fut alors seulement qu'il s'aperçut de l'état des choses.

— Oh! oh! assassin de ma pauvre femme, tu es donc là, s'écria-t-il, cherchant à me sangler avec sa trompe, qui me manqua seulement d'un pouce ou deux. Descends à l'instant, insolent et méchant petit animal, que je te fasse sentir le poids de mes genoux.

Je n'eus garde d'obéir. Au contraire, je serrai la queue plus fort que jamais et réussis à croiser mes pieds par dessus la touffe du poils, ce qui augmentait la difficulté qu'il avait à se débarrasser de moi. Il devint furieux. Avec une agilité qu'on ne pouvait soupçonner dans une masse pareille, il se mit à sauter, bondir et cambrer son dos comme un chat en colère, afin de raccourcir la distance entre sa tête et sa queue et de me capturer plus aisément avec sa trompe. Je crus un instant qu'il y réussirait, car, quoique l'incommodité de ma position m'empêchât de rien voir, je pouvais cependant sentir que le doigt et le pouce de

L'éléphant le lance en l'air. Pile ou face? Tête ou queue?

son proboscis cherchait à pincer le derrière de mon pantalon. Tout à coup je me rappelai qu'ayant perdu un des boutons de mes bretelles, je l'avais remplacé par une épingle; m'en saisissant aussitôt et glissant ma main droite derrière moi, je lui fis à la trompe une large égratignure. Il poussa un cri de douleur et partit comme un trait.

J'ai entendu beaucoup parler de ce qu'un éléphant peut endurer de fatigues au besoin, et j'ose dire, mon bon frère, que vous en savez autant que moi à cet égard. Mais à moins d'en avoir fait comme moi l'épreuve, je défie qui que ce soit de s'en former une idée exacte. Si je ne me trompe, l'éléphant commença sa course entre trois et quatre heures de l'après-midi, et.

à quelques légères interruptions près, il continua à courir ainsi jusqu'au moment où je vous ai rencontré d'une manière si inattendue. Admettons que ce fût à midi, cela nous donne donc vingt heures de course ; or en supposant qu'il faisait douze milles à l'heure — quinze milles seraient plus près de la vérité — cela nous donne un total de deux cent quarante milles que je parcourus d'une manière si singulière. Je me figurais en partant qu'il allait tout droit rejoindre sa famille pour demander à quelque parent ou ami de vouloir bien le débarrasser de moi ; mais soit que le poids inusité qu'il avait à l'arrière eût détruit la balance de ses facultés, soit que les nombreuses secousses qu'il avait éprouvées, et par dessus tout la mort de sa compagne, lui eussent fait perdre la tête, il ne prit pas ce parti, fort heureusement pour moi. En remarquant à plusieurs reprises les mêmes arbres et les mêmes rochers devant lesquels nous passions, j'en conclus qu'il ne se dirigeait pas en ligne droite. Il décrivait un cercle, allant toujours avec la même rapidité, et donnant des marques évidentes de sa folie en sonnant de sa trompe à peu près tous les quarts d'heure.

Pendant la première heure de cette course extraordinaire je me sentis complétement dérouté. Cela n'avait rien de bien étonnant, puisque tout en examinant les meilleurs moyens pour lâcher prise sans accidents, j'étais obligé de concentrer toutes mes facultés afin de me tenir ferme. Cela devenait plus difficile de moment en moment, car la peau de l'animal, et principalement la partie qui avoisinait la queue, ruisselait de sueur et devenait fort glissante. Cependant, trouvant bientôt que cette queue gardait toute sa rigidité, et que cette rigidité durerait sans doute autant que la peur de l'animal, je réussis à améliorer ma position. Je tournai rapidement autour de la queue, me mis à cheval sur la partie la plus charnue, et embrassant le bout étroitement, je me trouvai ainsi monté d'une manière très-confortable.

Le jour s'écoula, et bientôt la lune parut : tu ne tarderas pas à être éreinté, mon bon ami, et tu seras alors bien forcé de t'arrêter, ce qui me fournira l'occasion de me laisser glisser à terre et de me sauver. Telle fut la pensée qui soutint mon courage pendant ces longues heures, mais la fatigue semblait n'avoir sur lui aucune prise. Épuisé et tombant de sommeil, je finis par m'assoupir vers minuit. Je rêvai de notre enfance, Goliath, nous étions tous deux dans le verger de la maison paternelle, j'étais perché sur la grosse branche pendante du vieux noyer et vous me balanciez. Tout à coup vous donnâtes à la branche un élan si terrible que je fus lancé en l'air et retombai dans la mare aux sangsues. Vous vous rappelez cette mare, Goliath. Je me réveillai à l'instant, et ouvrant vivement les yeux, je reconnus que j'étais dans l'eau jusqu'aux cuisses ; l'éléphant s'était jeté à la nage. Aussitôt que je fus revenu de mon effroi, je regardai autour de moi. Il faisait grand jour, et nous traversions une rivière qui pouvait avoir un mille de large : voici l'occasion tant désirée, pensai-je, un bain froid ne me fera pas de mal, merci de ta complaisance, mon bonhomme, et bien le bonjour. Mais ceci était plus facile à dire qu'à faire. L'eau froide avait tellement augmenté la rigidité de la queue de l'animal que je me trouvais pour ainsi dire vissé entre elle et l'arrière-train. Impossible de bouger. Je réunis tous mes efforts, je pinçai la queue, j'en mordis même le bout, mais le seul résultat fut qu'il s'enfonça davantage dans l'eau, au point que j'en étais complétement trempé, avec cela il me serrait de plus en plus fort. Il était vraiment fort heureux que je n'eusse pas mangé depuis longtemps.

Nous atteignîmes enfin la rive opposée. Quoique l'éléphant eût été plus de douze heures sur ses jambes, il ne semblait rien avoir perdu de sa vigueur. Le bain froid paraissait au contraire lui avoir donné de nouvelles forces, et il recommença à courir plus fort que jamais. S'il y eut un homme fatigué de sa monture, Goliath, j'étais cet homme. A bout de forces et mourant de faim, je sentais en outre que mon dos n'était qu'une plaie et je n'avais jamais tant souffert depuis le jour où nous eûmes l'impudence, mon cher Goliath, de remplir de tabac à priser le flacon de notre maîtresse d'école. Cela ne peut durer plus longtemps ainsi, lui dis-je, les dents serrées, j'en verrai la fin,

dussé-je y laisser la vie. Puisqu'il est aussi frais maintenant qu'au moment de son départ, il n'y a pas de raison pour qu'il ne continue pas pendant une semaine. Ou je mourrai de faim, ou ce soleil ardent finira par me rendre aussi sec qu'une momie. Mais comment en finir? Là était la question...Il m'étreignait

Élie crie: Queue et l'empoigne au passage.

toujours aussi fort, et quoique, en écartant un peu cette maudite queue, je parvinsse de temps en temps à aspirer une bouffée d'air, aussitôt que je la lâchais, elle revenait sur moi comme un ressort. A la fin, une idée brillante vint se présenter à mon esprit, je résolus de couper cette maudite queue.

Je crois que j'ai oublié de dire que j'avais gardé mon couteau de chasse. Je le tirai donc du fourreau; mais quoiqu'il fût assez bien affilé pour un service ordinaire, je jugeai que cela ne suffirait pas pour trancher un morceau de caoutchouc comme celui auquel j'avais affaire. Je m'occupai donc pendant une demi-heure à repasser la lame sur la cuisse, et réussis à lui donner le fil d'un rasoir. Je n'avais plus maintenant qu'à attendre que nous fussions en plaine, et à choisir un endroit assez doux pour m'y laisser tomber sans danger. Enfin je rencontrai un lieu propice. D'un coup de couteau je détachai la queue, cette queue, mon cher Goliath, qui nous a offert à tous deux une nourriture si délicieuse et si abondante. L'éléphant, distrait probablement par ses tristes pensées, ne s'aperçut pas de l'opération et continua sa course folle, me laissant à terre et bien content, je vous jure ! !

Maintenant, nous voici réunis, sains de corps et d'esprit, plus pauvres peut-être en ce qui regarde les biens matériels, mais plus riches en expérience. Nous avons eu tort de nous séparer, Goliath, dorénavant nous irons ensemble chercher des aventures.

Mais je secouai la tête.

— Que peuvent deux hommes sans armes dans un pays comme celui-ci? répliquai-je. Un seul fusil pour nous deux ne serait pas suffisant, même dans le cas où vous retrouveriez celui que vous avez perdu, ce qui, vous l'avouerez, est peu probable.

— Je reconnaîtrais l'endroit entre mille, répliqua mon frère Élie. Un grand rocher d'une couleur brunâtre et en forme de chapeau à cornes sortait de terre à environ 100 mètres, et plus près encore se trouve un grand arbre avec sept branches mortes dirigées vers l'est, et chacune de ces branches est droite et aiguë comme la dent d'une fourchette. Il y avait de plus un oiseau bleu à tête rouge perché sur la quatrième ; et je m'en souviens d'autant mieux que lorsque l'éléphant m'a lancé en l'air, ma tête et celle de l'oiseau se sont trouvées au même niveau.

— Je ne pense pas que l'oiseau bleu soit un signe de reconnaissance, Élie, lui dis-je, il y a probablement longtemps qu'il s'est envolé.

— C'est assez vraisemblable, et je n'ai mentionné le fait que pour vous montrer que j'avais parfaitement remarqué la place. Il est vrai qu'il peut y avoir des rochers pareils dans les environs, mais quant à l'arbre aux sept branches, je suis sûr de mon affaire.

A cet endroit du récit de M. Brass, son ami M. Corker, qui depuis quelques instants ne pouvait tenir sur sa chaise et dirigeait constamment son nez du côté de la porte, hasarda une observation.

— Je vous demande pardon, camarade, dit-il, posant son crochet sur le bras de M. Goliath, mais depuis que vous avez parlé de couteaux et de fourchettes, je pense à l'usage plus agréable qu'on fait de ces deux ustensiles. J'ai réfléchi de plus qu'un dîner se gâte quand il n'est pas mangé à point, tandis qu'une histoire peut attendre indéfiniment. Je vous demande pardon, Messieurs, continua M. Corker s'adressant à nous deux, si j'ai manqué à la civilité, rappelez-moi à l'ordre.

Nous nous empressâmes de rassurer M. Corker à cet égard, et nous lui dîmes que loin d'être inconvenante, son observation nous semblait au contraire juste et raisonnable et lui faisait beaucoup d'honneur. En conséquence, nous nous dirigeâmes sans plus tarder vers la table, où un gigot de mouton à la sauce aux câpres se trouvait déjà servi.

CHAPITRE III.

— Mais, dis-je à Élie, — et la même objection s'est peut-être, Messieurs, présentée à votre esprit, — continua M. Goliath Brass, quand après dîner, nous nous trouvâmes de nouveau réunis auprès du feu pour entendre la fin de son récit. — Mais, Élie, il est possible que vous vous rappeliez très-bien la place où vous avez perdu votre fusil ; seulement, mon bon frère, n'oubliez pas les deux cent cinquante milles que vous avez faits depuis, et d'une manière si singulière.

Je ne les oublie pas ; mais ne vous ai-je pas dit que j'avais de très-bonnes raisons pour supposer que ce voyage, au lieu d'être fait en ligne droite, s'est accompli en tournant toujours dans le même cercle. Je remarquai une douzaine de fois les mêmes rochers, les mêmes rives et les mêmes ruisseaux, je ne serais donc pas étonné si, en ce moment même, cette portion des montagnes de Déchiretout, où j'ai perdu mon fusil, se trouvait seulement séparée de nous par une demi-douzaine de milles. A tout hasard nous ne risquons rien de jeter un regard autour de nous pendant qu'il fait encore jour.

Je n'avais aucune objection à faire à sa proposition : nous nous mîmes en marche. Après que nous eûmes grimpé sur la plate-forme du rocher d'où il avait, pour ainsi dire, glissé jusqu'à moi, Élie, à ma grande surprise, aussitôt que nous y fûmes arrivés, se jeta à quatre pattes, et se mit à flairer le terrain, comme aurait fait un chien de chasse. Ma première idée, tout naturellement, fut qu'Élie était devenu fou. Ce qui me confirma dans cette opinion, c'est que, lui ayant demandé à plusieurs reprises une explication de son étrange conduite, je ne reçus aucune réponse. Il continuait à flairer imperturbablement.

— Élie, Élie, mais dites-moi donc ce que vous avez perdu, m'écriai-je, afin que je vous aide à le trouver.

— Merci, me répondit-il enfin, en se remettant joyeusement sur ses pieds, je l'ai trouvé moi-même à l'instant ; voyez — et il me montra une tache humide et noirâtre, qu'on pouvait parfaitement distinguer sur le rocher blanc.

Le mystère était expliqué. Avec son instinct de chasseur, Élie avait cherché la trace de l'éléphant qu'il avait blessé ; mais pourquoi s'était-il donné tout ce mal ? Je le lui demandai.

— Oh pauvre d'esprit, répliqua Élie, l'idée la plus naturelle qui se présente à l'homme ou à la brute dans une circonstance difficile, n'est-elle pas de regagner ses pénates ? C'est justement ce que mon éléphant aura fait, quand il se sera senti délivré soudainement de son fardeau.

— Mais, lui dis-je, pourquoi n'a-t-il pas pris ce parti quand vous étiez cramponné à sa queue !

— Parce que, sous l'influence du tourment que je lui infligeai, il était tellement exaspéré qu'il ne pouvait froidement réfléchir. Aussi, dans sa course effrénée, n'a-t-il fait que décrire des cercles sans fin, mais lassé, à bout de forces, et cependant soulagé par la saignée que je lui avais faite si à propos, pour moi et peut-être pour lui, il n'y a pas le moindre doute qu'il ne soit revenu à lui, et à l'heure qu'il est il doit se trouver en sûreté au sein de sa famille.

— Mais Élie, la difficulté que vous avez eue à vous procurer la queue de l'un des membres de cette famille, ne doit pas, ce me semble, vous pousser excessivement à faire la connaissance des autres.

— Vous ne deviendrez jamais chasseur, Goliath, répondit mon frère en riant. Allons, en avant, ne perdez pas de vue cette trace noirâtre, et je vous garantis qu'elle ne nous conduira pas à cent milles de l'endroit où j'ai perdu mon fusil.

Nous suivîmes donc la trace, sur les collines, dans les vallons, jusqu'à une distance de plusieurs milles, et je commençais à penser, qu'après tout, Élie s'était peut-être trompé dans ses appréciations. Lorsqu'enfin, juste au moment où nous atteignions le sommet d'une petite hauteur, l'oreille exercée du chasseur ayant perçu un son étranger, il me fit tout à coup signe de m'arrêter.

— Si je ne me trompe, murmura-t-il, j'entends des voix d'éléphants. Heureusement que le vent souffle de leur côté. Jetons-nous à plat ventre, Goliath, gagnons en rampant le sommet de ce monticule, et observons ce qui se passe au-dessous.

C'est ce que nous fîmes. Une scène merveilleuse vint alors frapper nos yeux, et je n'ai pas honte de l'avouer, nous inspira une profonde pitié. Devant nous, dans une espèce de creux, se trouvait la famille d'éléphants dont Élie avait parlé. Autant que le crépuscule et la distance nous permirent d'en juger, elle pouvait se composer d'une dizaine de membres. Il y en avait de jeunes et de robustes, d'autres, rendus tout gris par l'âge, n'avaient plus de touffe au bout de leur queue. Nous remarquâmes un pauvre petit baby dont la trompe naissante n'était pas plus grosse qu'une carotte. Ils formaient un cercle parfait, au milieu duquel se tenait le malheureux qui avait servi si longtemps de monture à Élie, et dont la queue était ensevelie dans notre estomac. Si jamais éléphant parut malade et languissant, ce fut celui-ci. Il s'offrait là, sans queue, aux regards étonnés de ses parents, qui étaient évidemment frappés de terreur à l'aspect de cette soustraction. Un cœur plus dur que le mien se serait fondu, en voyant la vieille grand'mère à tête grise, caressant tendrement son gros enfant avec le bout de sa trompe, tandis que d'énormes larmes coulaient sur ses joues ridées.

— Oh, Élie, dis-je à voix basse, votre conscience ne vous reproche-t-elle rien?

— J'avoue que je suis peiné, Goliath, répliqua-t-il. Je croyais, comme je vous l'ai dit, lui avoir coupé la queue tout ras, et je m'aperçois maintenant que j'en ai laissé au vieux coquin plus d'un pouce et demi.

Je dois dire cependant que c'était seulement à l'endroit du gibier qu'Élie montrait cette dureté de cœur; avec ses semblables il était doux comme un agneau.

— Chut! fit Élie, au moment où j'ouvrais la bouche pour lui adresser des reproches. Ne commettez pas d'impolitesse, la vieille dame va parler.

Il faisait allusion à la vieille matrone, dont la queue avait complètement été dépouillée par le temps. Elle se mit sur ses jambes, et d'une voix sourde et émue, que nous pouvions cependant distinguer, quoique nous fussions à un bon quart de mille, elle s'écria:

— Hélas, mon petit fils, vous l'avez perdue! perdue pour jamais! Les queues ne repoussent pas comme les dents, et jusqu'au dernier de vos jours il faudra vous contenter de cet informe moignon, triste témoignage de votre malheur. Mais comment cet accident est-il arrivé? Comment, petit étourdi, n'avez-vous pas flairé le piège du tabac à priser et de la tabatière de cet infâme scélérat? Votre folie vous a non-seulement privé de votre pauvre compagne, mais vous a enlevé un ornement qui n'est pas non plus sans quelque utilité. Ne vous rappelez-vous pas, qu'à un mille d'ici à peine, de l'autre côté de ce noir massif là-bas, reposent les os d'une créature de la même espèce, avec son infernale tabatière qui pourrit à ses côtés? Sous quels genoux cette créature a-t-elle été écrasée? Sous les miens, mes enfants. Il y a longtemps de cela; ma mémoire n'est plus aussi bonne que jadis, mais si vous voulez m'écouter, je vous raconterai l'histoire encore une fois, afin de vous rendre plus prudents à l'avenir. Vous saurez donc...

— Partons, dit Élie, qui depuis quelques secondes était très-agité. Debout, debout, Goliath, et suivez-moi.

— Vous suivre? mais où? Qui vous presse, Élie? Attendons encore un peu, j'aimerais assez entendre cette histoire.

— Comme vous voudrez, répliqua-t-il. Pour moi je pars, et ma destination est ce noir massif d'arbres là-bas.

Où l'éléphant en arrive au bout d'une courte mais horrible histoire.

— Quoi! pour voir un squelette, Élie?

— Non, pour m'emparer de son fusil, répliqua-t-il, clignant de l'œil avec malice. Je ne pense pas qu'à cette heure il puisse être bon à grand'chose, mais si je ne retrouve pas le mien, mieux vaut encore avoir celui-là que n'en point avoir du tout.

Nous nous éloignâmes donc en rampant, et par un circuit nous atteignîmes le massif au bout d'une demi-heure. Nous n'eûmes pas de peine à trouver ce que nous cherchions. Le squelette était étendu la face contre terre, la blancheur des os se détachant sur le rocher noir. Du cou jusqu'aux jambes, tout était brisé,

9

mais les os du bras étaient intacts. La main serrait fortement un fusil, et le petit doigt était encore sur la détente. A quelques pieds plus loin nous trouvâmes une vieille poire à poudre en cuir, hermétiquement fermée par son bouchon.

Dégageant respectueusement l'arme de la main de ce malheureux chasseur, Élie l'examina avec attention, et, à sa grande joie, découvrit qu'elle n'était presque pas détériorée par son long séjour sur le sol. La sécheresse de l'atmosphère, la dureté et la pente du rocher sur lequel elle se trouvait l'avait conservée assez intacte pour être remise facilement en état : il suffisait d'un peu d'huile à l'intérieur de la platine, et d'un bon astiquage pour enlever la rouille des canons. Élie eut en outre la satisfaction de reconnaître que la poudre contenue dans la poire était en excellente condition.

« Ceci est une chance à laquelle je ne m'attendais pas, s'écria joyeusement Élie, en mettant le fusil en bandoulière. Si nous pouvions maintenant retrouver celui que j'ai perdu, nous serions parfaitement équipés. Je serais curieux de voir alors qui oserait barrer le chemin à deux jeunes gaillards comme nous. »

En ce qui me concernait, je commençais à avoir assez et même trop de ces merveilleux pays. Quoique, naturellement, je ne pusse commettre la lâcheté de laisser Élie s'en tirer tout seul, j'étais fort satisfait de ce que sa dernière observation me permettait de ne donner les mains à son projet qu'à la condition de retrouver son arme. Je ne pensais pas que ce fût une chose possible. Je répliquai donc !

« Ah, si vous la retrouvez, c'est une autre affaire, et je serai enchanté d'aller avec vous à la recherche de nouvelles aventures.

— Vous seriez décidé à partir à l'instant ?

— Sans aucun doute.

— Eh bien, dit-il en riant et me donnant une tape sur l'épaule, en route alors. — Je crois que le fripon

avait déjà trouvé ce qu'il cherchait quand il me fit sa proposition —, en route, car si je ne me trompe, voilà mon rocher en forme de chapeau à cornes ! Et venez, là-bas plus loin j'aperçois distinctement l'arbre aux sept dents de fourchette. »

L'endroit qu'il désignait était fort éloigné. J'estimais la distance à deux milles, mais à la clarté du soleil couchant on pouvait facilement voir les deux objets dont il parlait. Quittant le voisinage des éléphants, nous en prîmes le chemin à la hâte, et quand nous y arrivâmes, à la grande joie d'Élie, joie que je ne partageais que modérément, nous aperçûmes la casquette et le fusil qu'il avait perdus dans son voyage aérien. La platine de ce dernier rencontrant une pierre dans sa chute s'était légèrement faussée, mais quelques minutes de travail la remirent en état, et quoique l'arme du squelette fût de beaucoup supérieure à la sienne, Élie préféra garder celle-ci, à laquelle il était habitué. En conséquence il me remit l'autre avec les munitions nécessaires.

« Qu'en pensez-vous? dit-il. Nous mettrons-nous en marche immédiatement, ou bien préférez-vous vous arrêter ici et attendre le matin ? »

J'étais pris, et il n'y avait pas moyen de reculer.

« Si nous sommes décidés à avancer, mieux vaut plus tôt que plus tard, répliquai-je. Avez-vous la moindre idée, Élie, de la conformation du pays que nous allons visiter ?

— Nous allons bientôt nous en rendre compte, » répondit-il, et, tirant une carte de sa poche de côté, il l'étala sur le sol. Après l'avoir attentivement consultée pendant quelques minutes : « Nous sommes maintenant sur les limites de la grande plaine de Déchiretout, dit-il, et nous avons deux partis à prendre. Nous pouvons nous diriger vers le sud, et dans une huitaine de jours nous atteindrons les marais solitaires où vivent en troupes les rhinocéros et les hippopotames ; ou bien nous pouvons aller vers le nord-est et pénétrer dans la région des autruches. Toute la question se réduit à savoir laquelle de ces deux chasses nous offrira le plus grand bénéfice. L'ivoire se vend très-cher maintenant, Goliath.

— Et les plumes d'autruche aussi sont fort demandées, lui dis-je vivement, ne goûtant nullement l'idée de me trouver en contact avec les défenses des monstrueux quadrupèdes. Et puis, Élie, la chasse à l'autruche est la plus agréable des deux.

— Comme il vous plaira. Moi-même pour le moment j'ai assez de la chasse au gros gibier, et cela me reposera un peu d'essayer ma main sur une proie légère et de fantaisie. Je ne suis peut-être pas en assez bonne condition pour une marche forcée de plus d'une semaine, après la longue course que je viens de fournir sur une queue d'éléphant. La région des autruches, selon ma carte, doit se trouver à peu près à une douzaine de milles, et en marchant d'un bon pas, nous pouvons au lever du soleil nous trouver au milieu de ces gigantesques oiseaux. Si la chance nous favorise, je ne vois pas pourquoi nous ne déjeunerions pas, demain matin, d'une autruche grillée, tranquillement assis à l'ombre d'un dais formé par les charmantes et précieuses plumes de ce bipède.

Nous partîmes. Il pouvait être à peu près huit heures. Guidés par l'étoile du soir, nous continuâmes pendant plusieurs heures à nous diriger vers le nord-est. A mesure que nous avancions, le pays devenait de moins en moins accidenté. Les rochers disparaissaient ; à leur place s'étendaient de vastes plaines en pente toutes couvertes de gazon ou de cette riche végétation sauvage particulière aux zones tropicales. Tant que la nuit dura, la tranquillité du désert fut souvent troublée par les cris perçants des bêtes et des oiseaux de proie, mais aussitôt que le soleil eut commencé à se montrer au-dessus de la masse de nuages qu'on apercevait à l'horizon, le calme le plus profond s'établit. Tout à coup, comme nous arrivions près d'un massif de buissons très-épais, nous entendîmes

un cri particulier, ressemblant assez à l'aboiement d'un chien de garde. J'étais tellement persuadé que je ne me trompais pas, que je me tournai vers mon frère pour lui exprimer la satisfaction que j'éprouvais d'être si près d'une habitation humaine, où nous trouverions sans doute les rafraîchissements dont nous avions le plus pressant besoin. Mais Élie se mit à rire :

« Ce que vous prenez pour l'aboiement du chien est le chant de l'autruche, dit-il. Il est vrai que je ne l'ai jamais entendu, mais je me rappelle avoir lu que le cri de cet animal est tout ce qu'on peut voir de moins harmonieux. C'est justement l'effet que m'a produit celui que nous venons d'entendre, il n'y a donc aucun doute à avoir à cet égard. »

A peine avait-il prononcé ces mots, qu'un second, puis un troisième aboiement suivirent le premier et produisirent un tel vacarme, que nous faillîmes en devenir sourds. Élie me parut embarrassé et s'arrêta court.

— Je suppose qu'une assez forte nichée doit se trouver dans les environs, murmura-t-il.

En effet, il y en avait une assez forte nichée, mais ce n'étaient pas des oiseaux, et je n'avais jamais vu de bêtes pareilles, soit par la forme de la face, soit par la conformation du corps. Il y en avait trois, deux grandes et une petite. Elles se tenaient debout sur leurs pattes de derrière et étaient plus hideuses que le diable lui-même. Leurs yeux et leurs narines étaient rouges et tout en feu, et leur bouche était armée de dents blanches comme l'ivoire et aussi grosses que les dents d'un bœuf. Ces monstres étaient couverts de poils de la tête aux pieds, à l'exception de la face, qui était nue et d'un noir mat. Leurs mains étaient faites comme des mains d'homme. De plus le petit et l'un des deux autres portaient fièrement à la main une lourde et grossière massue, tandis que le troisième — qui était sans doute du sexe féminin — avait remplacé la massue par une énorme touffe de palmier, qu'il tenait au-dessus de sa tête en guise de parasol.

« Bon Dieu, frère, murmura Élie reculant d'un pas ou deux, et il fallait que ses nerfs eussent reçu une rude atteinte pour qu'il en vînt là — nous sommes tombés au milieu des Gorilles. »

Quoiqu'il eût à peine prononcé ces mots d'une manière perceptible, le vieux mâle les entendit.

« Oui vous y êtes tombés, hurla-t-il en se battant la poitrine de son terrible poing, oui vous êtes au pouvoir des rois de la forêt, dont la haine pour les autres singes est seulement égalée par leur force,

Les frères Brass entrent sans façon dans le pays de Déchiretout. Les habitants se formalisent de cette inconvenance.

et la ferme volonté dans laquelle ils sont de les écraser et de les pulvériser partout où ils pourront les rencontrer.

— Écrasons-les, pulvérisons-les, cria la hideuse femelle, nous menaçant de son ombrelle et grinçant des dents d'une horrible manière.

— Écrasons-les, pulvérisons-les, fit le petit démon d'une voix de fausset, et, faisant brusquement un saut en avant, il m'appliqua sur le tibia un coup de massue qui me fit un mal horrible. Je tenais mon appuie-main et j'eus un instant l'intention de le lui briser sur la tête ; mais par un effort surhumain je parvins à me retenir. Je me rappelai qu'avec du tact et de l'adresse je m'étais déjà tiré des griffes du sauvage lion de Doublecraque, qui était un animal autrement redoutable que ceux-ci.

« Sommes-nous donc si changés, m'écriai-je, que vous ne nous reconnaissiez pas? Quand nous avons entrepris ce long voyage tout exprès pour vous chercher, nous ne nous attendions pas à une pareille réception.

Ce discours produisit tout l'effet désiré, en ce sens qu'il amena entre nous un pourparler.

— Vous reconnaître! Pourquoi vous reconnaîtrions-nous? demanda fièrement le vieux mâle, qui cependant s'arrêta dans sa marche et abaissa la massue avec laquelle il s'apprêtait à nous assommer.

— N'avez-vous jamais eu un père? demandai-je en le regardant fixement et parlant d'un ton attendri. Avez-vous perdu tout souvenir du temps, où, pas plus grand que cette charmante petite créature, et bien avant le moment où vous avez rencontré l'image la plus parfaite de la beauté qui se tient à vos côtés,

Goliath Brass en train de mystifier sa famille.

vous gambadiez à l'ombre de la forêt, protégé par le bras musculeux d'un père chéri?

— Quelle bouche sucrée a le drôle! murmura la vieille mégère au parasol; quel malheur qu'il appartienne à cette abominable race que nous devons partout écraser et pulvériser.

— Si je me rappelle ce temps? s'écria le vieux mâle, d'un air embarrassé; mais oui, je m'en souviens très-bien, mais en quoi Diable cela vous importe-t-il?

— Ce père mourut, continuai-je, jugeant hardiment qu'il en était ainsi.

— Oui, répondit le monstre, la voix émue et détournant la tête. Pauvre père, il y a six ans qu'il est mort.

— Qu'est-il devenu? Le savez-vous? demandai-je impérieusement.

— Ce qu'il est devenu? répéta le Gorille, en se grattant la tête du bout de son bâton et se montrant de plus en plus mal à l'aise. Je suppose qu'il a été mangé par les fourmis dans le trou où nous l'avons enterré. C'est toujours ainsi que cela se passe.

— Et c'est là l'opinion que vous avez de votre noble race, répliquai-je en lui parlant d'un air sévère. N'avez-vous pas une meilleure idée de la famille royale dont vous sortez ? et pensez-vous réellement que lorsqu'un de ses membres meurt, tout est fini pour lui ? S'il en est ainsi, vous vous trompez étrangement. Sachez donc qu'il renaît sous une autre forme, une forme plus délicate, et je n'hésite pas à dire plus agréable à l'œil. Ce n'est pas dans son pays que cette transformation s'opère, mais dans une contrée éloignée de plusieurs milliers de milles. Et il est tellement orgueilleux de son nouvel état, qu'il rougit de celui dans lequel il se trouvait précédemment, et que rien ne peut le décider à venir revoir les lieux qu'il habitait. Ceci est la règle, il y a des exceptions. Il arrive, quoique rarement, qu'un membre de l'ancienne famille des rois de la forêt brûle de visiter l'antique résidence paternelle et de revoir les visages familiers qui en faisaient l'ornement. Nous sommes deux de ces exceptions si rares ! Je suis votre père ressuscité, et voici près de moi votre grand-père que je n'ai pu décider à m'accompagner en ces lieux qu'à force de prières. »

Disant cela, je saisis Élie par la manche et le tirai en avant. — Je dois dire qu'il paraissait aussi étonné que les Gorilles eux-mêmes — puis nous nous mîmes à les saluer d'un air de protection. Pendant quelques instants, la surprise rendit le singe muet, mais tout à coup, jetant sa massue et poussant un cri qui me fit sauter en l'air, il se précipita vers moi et m'embrassa de ses bras poilus, tandis que sa compagne remplissait le même devoir vis-à-vis de mon frère Élie.

Je crus un moment toucher à ma dernière heure et que le monstre exécutait la menace qu'il avait faite de m'écraser et de me pulvériser. Cette crainte n'était pas sans quelque fondement, car il me serrait si fort que je sentais les boutons de mon gilet s'enfoncer dans ma poitrine. Si je n'avais eu sur le dos mon havresac, qui amortit un peu la force de son étreinte, j'aurais été infailliblement étouffé. Par bonheur les premiers mots qu'il prononça me rassurèrent.

« Mon père bien-aimé ! s'écria-t-il d'une voix entrecoupée par les larmes, est-il bien possible que je vous revoie après une si longue séparation ! J'avais donc un bandeau sur les yeux pour ne pas voir de suite la ressemblance frappante qui existe entre votre ancienne et votre nouvelle forme ! Tortillon, viens ici, petit drôle, et demande à l'instant pardon à grand-papa pour le coup que tu as porté sur sa jambe vénérée ! Pardonnez à Tortillon, père, il est jeune et étourdi, mais je vous assure qu'il promet beaucoup, et se montre sous tous les rapports votre digne descendant. Allons, embrasse grand-papa et fais-lui tes excuses. »

A mon grand dégoût le petit démon sauta sur mes épaules et approchant sa laide face de ma figure, appuya ses lèvres noires sur les miennes. Élie n'avait pas été plus heureux que moi. Dans l'excès de son attachement pour le grand-père de son mari, Madame Gorille avait saisi mon frère dans ses bras, comme elle eût fait d'un baby, et le serrait tellement sur son cœur, qu'il avait la figure toute noire faute de pouvoir respirer.

« Avez-vous l'intention de rester longtemps avec nous, grand-père ? demanda Tortillon, pendant que je me débarrassais de lui et le posais doucement par terre.

— Non, petit, répondis-je, me sentant plus disposé à lui tordre le cou qu'à lui parler poliment ; notre visite n'est qu'une visite de passage. Je suis venu seulement vous voir et vous montrer quelques jolies choses que, sous ma nouvelle forme, j'ai appris à faire dans ma nouvelle patrie. Nous nous en retournerons aussitôt après, car je m'aperçois que l'air qu'on respire ici n'est pas bon pour votre pauvre aïeul.

— Vous avez parfaitement raison, dit Élie, qui avait à peine retrouvé sa respiration; dépêchez-vous, mon cher fils, et montrez à ces chères créatures ce que vous leur avez apporté. »

En disant cela, il me regarda attentivement dans les yeux, comme pour y découvrir de quelle manière je me proposais de remplir ma promesse. Mon plan se trouvait déjà arrêté. Je ne sais si je vous ai dit que lorsque j'avais fait le portrait qui déplut tant au lion, ne voulant pas laisser perdre un si bon morceau de toile, j'en avais fait un rouleau que j'avais mis dans la poche de côté de mon habit. Tirant

Goliath fait le portrait de Tortillon. Trahison éhontée d'Élie.

ce portrait, tandis que ces trois magots se tenaient debout devant moi, je le déployai vivement et l'offris à leurs regards étonnés. L'effet fut surprenant. Dès que la femelle le vit, elle se saisit de sa progéniture, en criant : « le lion ! le lion ! » et se mit à fuir à toutes jambes. Le mâle plus courageux, fronça fièrement les sourcils, et, saisissant sa massue, prit une attitude guerrière et redoutable.

« Voici une des choses que j'ai appris à faire, continuai-je d'une voix calme et rassurante ; c'est le portrait d'un lion qui nous sert de chien chez nous. » Pendant ce temps je secouais la toile pour les convaincre qu'ils n'avaient rien à craindre d'un objet par lui-même si inoffensif. La femelle et le petit revinrent alors sur leurs pas, la première toute honteuse de sa folle alarme. .

« Un lion qui vous sert de chien. Eh! fit le père soucieux, je ne pensais pas que le lion descendît à jouer ce rôle.

— Comment cela! répliquai-je d'un air léger; je voudrais bien voir le lion qui oserait s'y refuser, et que je ne ferais pas marcher à coups de pied. Mais comment trouvez-vous ce portrait ?

— C'est merveilleux de ressemblance, dit la mère, qui s'approcha timidement de la toile sans oser y toucher. Et comment faites-vous cela ?

— Je pourrais mieux vous le montrer que vous l'expliquer, répliquai-je; aimeriez-vous que je fasse le portrait de votre petit Tortillon?

— Nous en serions dans l'enchantement, répondirent en même temps le père et la mère, c'est cela qui serait beau; et puis toutes les fois que nous y regarderions, cela nous rappellerait son bon grand-père qui est venu de si loin, tout exprès pour nous voir.

— Très-bien, dis-je, nous allons commencer. »

En conséquence, je débouclai mon havresac, préparai une toile, et, faisant prendre à Tortillon une pose convenable, je me mis à l'œuvre. Je ne m'y épargnai pas, car il était clair que si je parvenais à contenter ces ignorantes créatures, nous ne rencontrerions aucune difficulté pour nous éloigner, et je croyais alors, comme je le crois encore aujourd'hui, que c'était la seule chose que nous pussions désirer. Élie cependant ne partageait pas mon opinion. Il était chasseur jusqu'à la moelle des os, et quand il se trouvait en présence de quelque animal sauvage il lui était impossible de ne pas le considérer comme sa proie légitime. C'est ce qu'il fit encore dans la présente occasion. Je déclare sur mon honneur que si ses intentions m'avaient été connues, je m'y serais fermement opposé, je n'y songeais même pas. Je l'avais prié de me broyer un peu de couleur rose, et il était à genoux derrière moi occupé à cette opération; je le pensais du moins. Mais, tout au contraire, il s'était mis à charger son fusil. Soudain, j'entendis comme un coup de tonnerre, et levant les yeux, je vis la femelle Gorille étendue sur le dos, tandis que d'un autre côté la fumée sortait encore du fusil d'Élie.

« En avant, Goliath, en avant! si vous tenez à la vie, » cria-t-il en se mettant vivement sur ses pieds et me montrant le chemin. Mais à peine avions-nous fait une vingtaine de pas, que le même aboiement hideux que nous avions déjà entendu, mais dix fois plus féroce, vint de nouveau résonner à nos oreilles. Jetant à la hâte un regard derrière moi, j'aperçus le vieux mâle et son petit qui nous montraient leurs terribles dents jusqu'au fond de la mâchoire, et qui, les yeux hors de la tête, se mettaient à nos trousses avec des bonds prodigieux.

Mon premier mouvement fut de reprocher à Élie le nouveau péril dans lequel il nous avait engagés, mais je sentis le besoin de ménager ma respiration. Nous étions tous les deux bons coureurs, et nous avions besoin de l'être, car le vieux singe y mettait de l'entêtement, et était aussi décidé à nous atteindre que nous l'étions à l'éviter. S'il avait été à quatre pattes il n'aurait pas tarder à nous atteindre; mais, pour courir dans cette position, il eût fallu qu'il abandonnât sa massue, à quoi il ne pouvait se résoudre. Il essaya même une fois ou deux de cette allure, après avoir préalablement mis son bâton entre ses dents, mais ayant été renversé sur le dos, par suite de la rencontre des bouts de son arme avec deux arbres très-rapprochés, il fut obligé d'en revenir à la position perpendiculaire, glissant et bronchant fréquemment, mais chaque fois recommençant sa poursuite avec des cris plus hideux et une plus grande vitesse.

Après une heure environ de cette course effrénée, nous débouchions de la forêt sur une vaste plaine sablonneuse, où nous enfoncions à chaque pas jusqu'au-dessus de la cheville. Plus d'espoir. Les Gorilles, plus agiles et moins lourds que nous, semblaient glisser sur le sol et gagnaient sur nous à chaque pas. Nous entendions la vieille brute parler à son petit et l'encourager de la voix, l'assurant que les deux hommes-singes seraient bientôt épuisés et qu'il pourrait tout à son, aise les écraser et les déchirer.

« Je crains bien que nous ne soyons forcés d'y renoncer, me dit tout haletant Élie qui se trouvait

Les frères Brass se sauvent à toutes jambes pour sauver leur peau.

d'un mètre environ en avance sur moi. Si nous pouvions leur faire tête, peut-être résisterions-nous avec quelques succès à ces deux monstres, mais pour moi, je sens que si je cesse de courir, je vais tomber par terre comme une masse inerte et tout sera dit.

— Je suis dans le même état, frère, lui répondis-je (et je puis vous assurer, Messieurs, que c'était la pure vérité), mais regardez-donc devant vous, Élie, ne voyez-vous pas un arbre? Si nous pouvions seulement l'atteindre, y grimper, et charger nos fusils avant que les coquins arrivent, nous serions prêts à les recevoir plus chaudement qu'ils ne pensent.

10

— C'est un arbre, quoique d'ici il paraisse tout bossu, répliqua-t-il, c'est probablement un de ces palmiers nains dont les feuilles ressemblent à des plumes. Dépêchons, Goliath. »

Encouragés par cette vue, nous redoublâmes de vitesse, et, la distance diminuant, nous eûmes la satisfaction de remarquer qu'au lieu d'un seul tronc d'arbre il y en avait deux. Élie, qui avait toujours de l'avance sur moi, se dirigea vers l'un d'eux, et était déjà perché au sommet que j'arrivais à peine au pied du second, me hâtant de suivre son exemple.

Mais jugez de notre étonnement lorsque au-dessus de nos têtes nous entendîmes comme un gloussement formidable, et ce que nous prenions pour des arbres commença à se mouvoir tout à coup. Heureusement j'avais eu le temps de me cramponner solidement à cet objet, quel qu'il fût, car je le sentis d'abord violemment lancé en arrière puis ramené en avant avec la même rapidité.

Ils sont protégés par une autruche.

« Élie, m'écriai-je, voilà notre arbre qui marche. Que Dieu me fasse la grâce de me tirer de ce pays enchanté !

— Ce n'est pas un arbre, répliqua joyeusement mon frère, c'est une autruche ! Tenez-vous ferme, Goliath ! pour moi je suis très-bien ici. Bravo ! Bravo ! Que ces diables velus nous rattrapent maintenant s'ils le peuvent ! »

La chose était aussi surprenante qu'elle était vraie. Nous étions tombés sur une autruche. Selon l'habitude de ces animaux étranges, et comme vous devez très-probablement, Messieurs, l'avoir ouï dire, celle-ci ayant entendu du bruit, et croyant qu'elle ne serait pas aperçue, si elle-même n'apercevait rien, avait sottement enfoui sa tête dans le sable, quand nous la rencontrâmes si à propos. Elle dut être fièrement étonnée de se voir ainsi transformée en bête de somme, car aussitôt qu'elle se fut rendu compte de ce qui se passait, elle commença à courir comme le vent.

Que mon frère Élie, confortablement assis sur le

dos emplumé de l'autruche criât : Bravo ! cela était fort naturel , mais dans ma position il m'était complétement impossible de partager sa joie. Avec la régularité d'un pendule la jambe gauche de l'autruche allait et venait, m'entraînant, bien entendu, avec elle. Le pire de tout était que je ne tenais pas cette

jambe assez haut pour pouvoir me soulever à chacun des pas gigantesques de l'oiseau, si bien que j'étais obligé de faire accorder chacun de mes mouvements avec les siens , et, pour ainsi dire, de lui emboîter le pas. Cela ne pouvait durer longtemps. Il est vrai que cinq minutes après cette rencontre inopinée nous

Sauve qui peut. La patte ou la mort.

n'entendions plus le bruit de la poursuite des Gorilles, mais être déchiré des pieds aux genoux par le frottement continuel des pierres sur lesquelles j'étais traîné, était un sort à peine préférable à celui d'être assommé par la massue d'un quadrumane. J'appelai Élie et lui fis part de ma malheureuse position.

Allez toujours, mon vieux, répliqua-t-il tout enchanté ; un peu de patience, et je vais vous trouver un cheval dans quelques minutes. » Au même instant j'entendis qu'il apprêtait son fusil. Je savais qu'il était sans casquette et que le soleil brûlait au point de roussir la chevelure d'un nègre. Quant à moi, quoique la manière dont je me trouvais monté eût de graves inconvénients, elle avait au moins cet avantage de me tenir à l'ombre, car le mouvement rapide de la longue jambe de l'autruche me servait d'éventail, tandis que les plumes de sa magnifique queue me formaient un parasol. Mon pauvre Élie a reçu un coup de soleil, pensai-je, il a le délire.

« Comment allez-vous me trouver un cheval, Élie? demandai-je doucement, je n'ai jamais entendu dire qu'il y eût des chevaux dans ces parages.

— Si ce n'est pas un cheval, ce sera quelque chose qui vaudra tout autant, répondit-il. Perché comme je le suis, Goliath, je jouis d'une vue à faire venir l'eau à la bouche de tout chasseur. J'aperçois un nombreux troupeau de girafes, Goliath. Nous allons nous trouver au milieu d'elles en moins de cinq minutes. Or avec la crosse de mon fusil j'ai l'intention, en passant, d'en étourdir une juste assez pour qu'elle veuille bien nous permettre de la monter, et nous irons alors un train de poste.

— Mais ne pensez-vous pas, Élie, que nous ferions tout aussi bien de nous arrêter maintenant? Je suis horriblement fatigué.

— Nous sommes au commencement de la fin, Goliath, reprit-il gaîment, voilà les girafes, et vous allez vous trouver monté en un clin d'œil. Mais j'y pense, elles ont le dos terriblement en pente, il faudra que l'un de nous se crampone au cou de l'animal et serve à son tour de point d'appui à l'autre. »

Déjà en effet je distinguais parfaitement le bruit des pas d'une troupe d'animaux de grande stature. Nous nous trouvâmes presque aussitôt au beau milieu d'une forêt de jambes luisantes et d'une symétrie parfaite, et de queues démesurément longues et terminées par un bouquet de crins. J'entendis Élie crier : Who! who! puis le bruit sourd d'un coup vint frapper mon oreille, et nous quatre, c'est-à-dire Élie, moi, l'autruche et une girafe nous trouvâmes seuls le reste du troupeau épouvanté, qui s'était dispersé de tous côtés. Élie,

selon son habitude, avait exécuté son plan en maître. Choisissant son animal, il lui avait appliqué sur la tête un calmant qui l'avait forcé à marcher au pas, et au même instant il avait sauté du dos de l'autruche sur celui de la girafe. Il me cria alors immédiatement de lâcher la jambe de l'oiseau et de grimper sur le quadrupède en m'aidant de sa queue. Ceci, quoique la girafe allât au pas, était une entreprise difficile pour quelqu'un qui avait comme moi les genoux raides et tout meurtris. Quoi qu'il en soit, craignant de me voir laissé tout seul, si je ne suivais pas l'avis de mon frère, je fis un effort surhumain, et l'instant d'après je me tenais solidement à la ceinture d'Élie. Il n'était que temps, car fouettant tout à coup l'air de sa queue, la girafe reprit ses sens, et malgré son double fardeau, s'élança à fond de train à travers la plaine.

Les mésaventures équestres auxquelles je m'étais trouvé en butte n'étaient pas encore terminées. Comme Élie en avait fait la remarque, le dos de la girafe était un plan très-incliné, nullement fait pour servir de siége. Élie souffrait peu de cet inconvénient, car ses bras entourant le cou de l'animal, sa position était fort tolérable. De mon côté, tant que les pans de l'habit de mon frère résisteraient, j'étais sûr de ne pas tomber, mais je me trouvais exposé à une tracasserie qu'il m'était complètement impossible de prévoir.

J'ai fait plus haut l'éloge de la queue des girafes, mais j'avais à peine pris possession de mon nouveau siége l'espace de trois secondes, que j'eus des raisons péremptoires pour changer mon opinion du tout au tout. Je n'avais rien à dire contre la beauté de la queue elle-même; elle était parfaitement ronde, diminuant graduellement jusqu'au bout, qui était, comme je l'ai dit, pourvu d'une touffe de crins; malheureusement elle était aussi très-forte et très-flexible, et l'animal ne connaissait que trop bien la manière de s'en servir. Le premier avis que j'eus de sa dextérité à cet égard, fut un coup soudain et violent qu'il me cingla entre les deux épaules, se servant de cet ornement comme d'un fouet de charretier. Une demi-douzaine de coups semblables, qui tombèrent d'aplomb tout le long de mon dos et même sur ma nuque, suivirent de près cette première démonstration hostile. J'en reçus même un sur la partie charnue de l'oreille, tellement bien appliqué que le sang jaillit et coula le long de ma joue. C'était insupportable.

Je savais, d'après ce que m'avait dit mon frère, que l'ennemi à la poursuite duquel nous étions maintenant en position de nous soustraire, était implacable

Cou ! Cou ! Ah le voilà !

dans sa haine et poursuivait sa victime jusqu'à ce qu'il pût assouvir cette haine dans son sang ou périr lui-même dans la lutte. Je savais de plus que si je venais à quitter ma monture, le terrible gorille m'atteindrait très-probablement et me déchirerait en morceaux. Eh bien, je déclare qu'entre cette alternative et celle de me sentir fouetter et piquer par cette queue impitoyable, je préférais la première, et je le déclarai à Élie. N'ayant pas d'idée de la souffrance que j'endurais, mon frère fut d'avis de rester.

« Lâchez-moi d'une main, Goliath, me conseilla-t-il, guettez la queue et empoignez-la aussi fortement que vous le pourrez. Si cela vous est impossible, renversez la tête en arrière, ouvrez la bouche, et la première fois que les crins arriveront à la hauteur de votre figure, mordez-les ferme et retenez la queue. »

Ce dernier expédient me parut assez ingénieux pour en risquer l'essai. Après avoir enduré plusieurs coups qui frappaient tous trop bas, à la fin il y en eut un qui me cingla à la hauteur voulue, et je saisis la touffe de crins avec mes dents. Le résultat ne fut pas brillant. Ces crins piquaient comme des épingles et coupaient comme des rasoirs ; en outre, la force de ma mâchoire étant tout à fait insuffisante ; à peine avais-je saisi la queue entre mes dents que l'animal la retira à lui, m'arrachant du coup deux superbes incisives, dont la perte, comme vous devez le voir, défigure ma bouche d'une manière déplorable.

« Élie, m'écriai-je aussi distinctement que mon triste état voulut bien le permettre, Élie, je ne puis endurer ceci plus longtemps. Rappelez-moi au souvenir de nos parents de Bristol et adieu ! »

— Encore une petite minute, dit Élie, et les choses pourront s'améliorer. J'aperçois un cours d'eau devant nous, sur lequel nous nous dirigeons en droite ligne. C'est peut-être la soif qui rend le pauvre animal si irritable. Aussitôt que nous y serons arrivés, je lui lâcherai le cou pour lui donner la facilité de boire. Courage, Goliath, patientez un peu, et voyons ce qui va arriver. »

Je suivis son conseil. Quoique la terrible queue emportât à chaque coup des morceaux de mon habit et de mon pantalon, je serrai mes lèvres l'une contre l'autre et gardai stoïquement le silence. Nous atteignîmes bientôt le bord de la rivière, et Élie lâchant, comme il l'avait dit, le cou de la giraffe, vit à l'instant ce qui en résulta. Par un vigoureux saut de mouton, la bête se débarrassa de son double fardeau, et Élie et moi nous nous trouvâmes par terre, tandis qu'elle s'éloignait au triple galop dans une direction opposée. Heureusement elle se trouva hors

de portée quand Élie revint de sa stupeur, car elle aurait très-probablement payé cher ce procédé incivil.

Le premier mouvement de mon frère fut de faire tomber sa colère sur moi, qui étais en quelque sorte la cause de cet accident, mais quand je lui eus montré mon oreille ensanglantée, ma mâchoire endommagée et mes habits changés en haillons, il fut pris de pitié et me demanda affectueusement pardon.

« Mon bon Goliath, dit-il, tous les regrets du monde ne changeront rien à l'affaire. Il vaut mieux prendre son parti en brave. Asseyons-nous sur ce tronc d'arbre, et avisons au meilleur moyen de nous tirer de ce mauvais pas. »

Le tronc d'arbre en question était juste au bord de la rivière — car c'était une rivière véritable — de telle sorte qu'étant assis, nous pouvions baigner nos pieds dans l'eau froide, ce qui était pour nous un bien grand soulagement après avoir si longtemps souffert de la chaleur au milieu de ce désert incandescent. Notre siège n'avait rien de bien attrayant par lui-même, le bois était rude, plein de nœuds, et selon toute apparence, était depuis plusieurs années soit entraîné par le courant, soit laissé à sec sur le rivage. Cependant c'était toujours un siège, et nous nous y assîmes après nous être débarrassés de nos fusils et de tout ce qui pouvait nous encombrer, afin de jouir à notre aise de la fraîcheur de la brise.

Nous restâmes ainsi environ une heure, discutant plusieurs plans qu'il est inutile de vous détailler, puisqu'il nous fut complétement impossible de les mettre en exécution par suite de la circonstance la plus curieuse et la plus imprévue. Me trouvant couché sur la partie la plus mince du tronc, tandis qu'Élie occupait la plus épaisse, la fantaisie me prit de graver mon nom dans le bois, pour laisser un souvenir de notre visite dans ce merveilleux pays. A cet effet je demandai à Élie son couteau de chasse, qui était une excellente lame de Sheffield, solidement emmanchée et très-affilée à la pointe.

Au premier aspect, je jugeai que le bois m'offrirait de la résistance, mais je ne m'attendais pas à celle que je rencontrai. L'écorce raboteuse était aussi dure que de l'ivoire, et tout ce que je pouvais faire, c'était de gratter mon nom d'une manière lisible. Je n'étais pas pressé, en conséquence je traçai de ma plus belle anglaise : « Goliath Brass, 20 juillet 18... » J'étais justement en train de faire la barre du chiffre suivant, qui était un 4, lorsque tout à coup la lame du couteau glissa dans une fente et s'y enfonça jusqu'au manche.

Comme vous devez bien le penser, ma surprise fut grande, mais celle qui suivit immédiatement le fut cent fois plus. Au moment où je saisissais à pleines mains le manche du couteau pour tâcher de l'arracher, la portion du tronc d'arbre qui me servait de siége fut tout à coup violemment lancée en l'air ; je fis par suite une cabriole forcée qui me jeta net par dessus la tête d'Élie, lequel, vaincu par la fatigue, sommeillait à l'autre bout. Quand je dis que je fus jeté

Démontés et remontés.

net, je suis à deux pouces de la vérité, ces deux pouces étant juste la hauteur de mes talons de bottes, qui caressèrent assez rudement le nez de mon pauvre frère.

Furieux, et ne sachant sur le moment d'où venait l'attaque, Élie se leva vivement et saisit son fusil, qui se trouvait à portée de sa main. Je suivis son exemple, et me préparai à recevoir l'ennemi qui, pensions-nous, devait sortir de quelque repaire souterrain. Notre siége étant une espèce de fort, nous préférâmes y rester. Mais tout à coup, jugez de notre stupéfaction, le tronc d'arbre commença à se mouvoir, à pousser des cris étranges et épouvantables, puis tournant vers l'eau son côté le plus épais, il y plongea avec un grognement horrible, si bien que la secousse faillit nous renverser.

Nous fûmes très-heureux de pouvoir nous retenir à temps, car si nous étions tombés dans la rivière, nous aurions trouvé une tombe prématurée dans l'abdomen d'un ignoble crocodile !

C'était un de ces animaux que nous avions pris pour un tronc d'arbre. Son immobilité nous avait confirmés dans cette opinion, et il n'avait fallu rien moins que ma maladresse à l'endroit du chiffre 4 pour lui faire perdre patience. A peine se trouva-t-il dans son élément naturel que ses instincts habituels se réveillèrent. Ses yeux commencèrent à briller, il se mit à fouetter l'eau de sa queue et à faire claquer ses terribles mâchoires l'une contre l'autre.

Les mouvements du monstre furent d'abord assez lents, et si nous y avions pensé, nous aurions pu aisément sauter à terre, au risque peut-être d'une immersion; mais quand nous nous rendîmes compte du danger que nous courions, l'animal vorace était en plein courant, furieux, se démenant comme un possédé et faisant tout son possible pour nous jeter à l'eau. J'allais, dans mon ignorance, adopter le seul moyen qui me semblât praticable, lorsque Élie me mit violemment la main sur l'épaule:

« Êtes-vous fou, Goliath? me dit-il; que voulez-vous faire?

— Simplement me jeter à la nage et regagner le bord, répliquai-je.

— Mais, pauvre innocent, vous ne savez donc pas qu'aussitôt qu'il aura entendu le bruit de votre plongeon, il fera volte-face, et avant que vous soyez éloigné d'une demi-douzaine de brassées il vous coupera en deux?

— Mais alors, Élie, quel parti prendre? Il est certain que nous ne pouvons rester ici. »

Élie haussa les épaules. « Tout mon espoir est au contraire de pouvoir y rester, répliqua-t-il; c'est notre seule chance de salut. Cette rivière doit se jeter quelque part dans la mer, et quand nous y serons arrivés, nous aurons peut-être le bonheur de rencontrer un navire qui nous recueillera.

— Mais il n'atteindra jamais l'embouchure de la rivière en se tournant et retournant comme il le fait.

— Quand vous ferez avec lui un autre voyage, n'oubliez pas de lui prendre mesure pour une bride et pour un mors, mon cher ami; de cette manière vous pourrez diriger sa marche à votre guise. »

Je ne pense pas qu'Élie eût l'intention de dire autre chose qu'une plaisanterie, quoique nous fussions dans un triste état pour plaisanter; mais le fait est qu'à Bristol, dans ma jeunesse, j'avais été pendant quelque temps en apprentissage chez un bourrelier, de chez qui je m'étais enfui par suite de son humeur emportée et de la facilité déplorable avec laquelle, dans ces moments-là, il se servait de la courroie. Quoi qu'il en soit, je fus piqué de l'allusion et je mis mon esprit à la torture pour trouver un moyen de guider la marche du crocodile. Tout à coup, comme cela arrive souvent en pareil cas, une idée heureuse vint se présenter à mon esprit, et je la mis aussitôt en exécution.

Je vous ai dit que j'avais été jeté par dessus la tête d'Élie, et que je me trouvais conséquemment sur la partie la plus épaisse de l'animal, c'est-à-dire le cou. En me baissant un peu, je pouvais atteindre les coins de la bouche du monstre, qui se trouvaient dépourvus de dents. Élie me tournait le dos; sans lui dire une parole, je saisis mon fusil par la bretelle et attendis que le crocodile ouvrît de nouveau la gueule, ce qu'il faisait environ deux fois par minute. Au moment favorable, je me penchai en avant, parvins à insinuer sa mâchoire supérieure entre le fusil et la bretelle, et tirant vivement à moi, mon animal se trouva parfaitement pourvu d'une bride et d'un mors.

« J'ai suivi votre avis, Élie, dis-je tranquillement, j'ai pris la mesure et voici les articles demandés, voyez s'ils vont bien. »

Mon frère fut sensible à cette modeste récrimination, ses yeux s'emplirent de larmes, et il m'embrassa en silence.

La bride fonctionnait admirablement. Pendant les premières minutes, le crocodile se montra rétif et fit tous ses efforts pour faire deux morceaux du canon de

fer, mais il reconnut bientôt l'inutilité de ses tenta-
tives. Je serrais si fortement le mors contre le fond
de sa gueule qu'il lui était impossible de faire joindre
ses deux mâchoires. Effrayé de ce rude traitement, il
se mit à nager de toute sa vitesse en ligne droite.

Cependant notre situation était toujours fort pré-
caire. Dans cette partie du monde les rivières sont
démesurément longues, si bien qu'en voyageant même
aussi rapidement que nous le faisions, nous pouvions
être plusieurs jours avant d'arriver à la mer, et ex-
posés à mourir de faim. A l'approche du soir, cette
dernière idée nous rendit profondément mélanco-

Le crocodile lancé à l'eau.

liques. Mais la bonne chance qui nous avait favorisés
jusque-là ne nous fit pas défaut dans ce nouveau péril. Comme nous passions devant une petite anse formée par la rivière, nous en vîmes tout à coup sortir
un long canot monté par deux Indiens, qui le diri-
geaient de manière à couper le chemin du crocodile.

Aussitôt que l'animal aperçut ce renfort, il s'enfonça
comme une pierre, nous laissant à la surface, et bientôt nous étions sauvés par les bons Indiens.

Je crois, Messieurs, que je suis maintenant arrivé
à la fin de nos aventures. Il est vrai que nous restâmes plusieurs semaines dans la famille des sauvages

11

qui nous avaient recueillis, et qui nous traitèrent avec une bonté dont je garderai un éternel souvenir. Au bout des cinq semaines de séjour dans le pays, Élie s'était fait un nom comme pêcheur de tortues. Du reste, malgré ce que notre existence avait de curieux et de romantique, cependant, après les dangers prodigieux et sans nombre que nous avions courus, cette situation calme et tranquille n'offre aucune particularité bien remarquable. A la fin des cinq semaines, un navire qui venait charger de l'huile de palmier toucha à l'endroit où nous étions, nous y prîmes passage et revîmes enfin notre chère patrie.

LA SORCIÈRE NOIRE

LA SORCIÈRE NOIRE.

Il était tard quand M. Goliath Brass finit le récit de ses étonnantes aventures et de celles de son frère, et bien plus tard encore quand il eut exécuté, sans se faire bien presser, les esquisses des événements les plus remarquables et des situations les plus saisissantes qu'il avait relatées. Le lecteur peut être assuré que les dessins que nous offrons à ses regards sont des reproductions plus achevées, mais très-fidèles de ces croquis. Il y eut un dessin cependant qu'il ne put nous donner, et que par un sentiment de délicatesse nous n'imprimerions même pas, si nous l'avions en notre possession. Ce fut son portrait à lui-même, quand, devenu tout radieux par l'excès de sa reconnaissance et de vin chaud, il se tenait héroïquement sur les marches de notre porte couvertes de verglas, nous serrant les mains avec effusion et nous disant adieu. Il n'arrivait pas souvent, disait-il, qu'un homme malheureux et repoussé se vît possesseur d'une pièce d'or, et son seul regret était que la durée de cette pièce dût nécessairement être plus courte que le souvenir de gratitude qu'il garderait toujours à l'égard des personnes qui la lui avaient donnée.

« — Oui, s'écria Goliath Brass, tirant pour la vingtième fois le brillant souverain de la poche de son gilet, et le contemplant dans le creux de sa main, j'espère sincèrement que l'excès de reconnaissance dont je suis enflammé — ici il s'essuya les yeux — durera plus que toi, ma pauvre petite pièce ! Ah Messieurs ! venant d'un homme dans ma condition, cela peut paraître mesquin et stupidement sentimental, mais si vous saviez combien je désirerais garder cette pièce d'or, intacte et telle qu'elle est, pendant une semaine ; que dis-je ? une semaine ! pendant quatre ou même trois jours. Je puis vous assurer que cela me ferait du bien. Ce serait pour moi comme un œil étincelant, un œil vigilant et tendre, plein d'intérêt, et m'excitant à prendre courage, à regarder mon malheur en face et à le supporter en homme de cœur, au lieu de me laisser opprimer et écraser sous l'énormité de son poids. »

Par un singulier à propos, ou peut-être pour donner plus de force à ses paroles, Goliath Brass, en achevant ces paroles touchantes, trébucha contre la grille, et serait très-probablement tombé, si M. Corker ne l'avait retenu avec son crochet, amicalement insinué dans la ceinture du malheureux artiste. À cette marque de touchante amitié de la part du vieux marin, les larmes vinrent aux yeux de M. Brass, il se pencha sur son compagnon et remplit de ses pleurs les profondeurs du chapeau à trois cornes du vieux marin.

Je suis plus âgé que mon ami George et je pense qu'il n'est pas toujours adroit et sensé d'encourager de pareils élans de sensibilité, mais le digne garçon fut touché au cœur par les plaintes de son pauvre collègue : tirant encore de sa bourse trois demi-couronnes, il pressa M. Brass de vouloir bien les accepter, afin de pouvoir, au moins pendant un jour ou deux, s'éviter le crève-cœur de changer le souverain si bien gagné. En recevant ce supplément, le brave

homme nous regarda d'un air qui semblait signifier :
Je n'ose pas rester ici un moment de plus car je me
rendrais certainement coupable d'idolâtrie. En conséquence il descendit vivement les marches de la
porte du jardin, et s'élança dehors toujours har-
ponné et maintenu par le crochet de M. Corker.

Ce dernier, au moment de son départ, n'avait rien
ou presque rien à dire. Il paraissait assez satisfait,
et avait peut-être ses raisons pour cela. La joie brillait sur sa figure, il nous prodiguait de petits signes
de tête, et son œil unique nous lançait force regards
d'intelligence, montrant clairement par là qu'il ap-
préciait à sa juste valeur l'importance de quelque
transaction survenue entre nous.

Le fait est qu'il y avait quelque chose comme cela.
Tandis que M. Brass était occupé à faire ses croquis,
M. Corker m'avait, d'un signe de tête, conduit à
l'autre bout de la chambre.

« Comment le trouvez-vous, capitaine? murmura-
t-il. Je sais que vous pouvez apprécier une bonne
histoire. Que pensez-vous de la sienne?

— Elle a dépassé mes espérances, répliquai-je, et
je vous suis obligé plus que je ne puis le dire.

— Je pensais bien qu'il vous plairait, et je suis
très-content d'avoir amené celui-ci au lieu de
l'autre.

— Quel autre?

— Ne vous en ai-je pas parlé? Oh! bien, il y en
a un autre, seulement c'est un nègre, et voilà ce
qu'il y a d'ennuyeux.

— Qu'entendez-vous par là? Libre à chacun de ne
pas aimer sa couleur, mais je ne vois pas en quoi cela
peut rendre son histoire moins intéressante. Qui est-
il? Que fait-il? Dans quelle intention en avez-vous
parlé? Est-ce un nègre qui a beaucoup voyagé, et
pensez-vous que la relation de ses aventures vaille la
peine d'être écoutée?

— Oh, certainement, il n'y a aucun doute à cet
égard. Il sait une très-bonne histoire, mais... » Et

M. Corker se gratta le nez avec son crochet, en secouant la tête d'un air mystérieux.

— Mais quoi? achevez donc, M. Corker.

— Eh bien, voici. Et il baissa la voix au point
que ce n'était plus qu'un murmure, tandis qu'il me
tirait par le bouton de mon habit dans le coin le plus
éloigné. Il a une histoire à dire, et une fameuse encore, et ce qu'il y a de plus remarquable, c'est qu'il
a la peau de l'animal qui en fait le sujet. Avez-vous
connu des alligators, capitaine?

— Non, pas qu'il me souvienne.

— Ne savez-vous rien de leurs habitudes, de leur
manière de vivre, ni de leur ruse incroyable?

— Je puis avoir lu les descriptions de cet animal,
mais en vérité je ne me rappelle plus ce qu'il peut
avoir de remarquable.

— Eh bien, s'il en est ainsi, je ne vois aucun inconvénient à ce que vous écoutiez la narration dont
il s'agit, répondit M. Corker. Un homme d'esprit tel
que vous pourra trouver quelque chose de neuf, là
où il n'y aurait rien pour de pauvres diables comme
nous qui ne sommes pas capables de séparer l'ivraie
du bon grain.

— Très-bien, M. Corker, si vous croyez que je
ne perde pas mon temps en écoutant votre nègre,
j'espère que vous ne perdrez pas le vôtre en me l'a-
menant. En conséquence, vous pouvez l'inviter de
ma part.

— Ah, voilà justement la cause de mon embarras,
reprit M. Corker en hésitant, je ne puis l'amener ici,
car il ne peut marcher; ses pieds sont tellement en-
flés que, depuis plusieurs mois, il lui a été impossible
de chausser une paire de souliers. Ce n'est pas qu'il
ne soit par lui-même fort respectable, ajouta vivement M. Corker, craignant probablement que je ne
prisse un nègre sans souliers pour un mendiant ou
un vagabond. Ce n'est pas qu'il ne puisse acheter
des souliers ou qu'il n'en porte pas. Dieu vous bénisse! Il a, je ne sais comment, obtenu une pension

en récompense du courage qu'il a montré dans l'affaire de l'alligator en question. Du moins il le dit ainsi. Il vit dans la maison de ma belle-fille aux environs de Deptford. Il a les deux parloirs, et je puis vous assurer qu'ils sont très-bien meublés. Garniture de cheminée en cuivre jaune, pelle et pincettes assorties, tableaux sur les murs, rideaux rouges à la croisée, enfin rien n'y manque. Cela vaut une visite, quand ce ne serait que pour voir ses tableaux, qui rappellent les circonstances les plus marquantes de ses aventures. Si cela vous est égal, un de ces jours, quand vous n'aurez rien de mieux à faire, capitaine, vous feriez peut-être bien de vous hasarder jusque-là. »

Je répondis à M. Corker que j'en courrais certainement la chance. Je choisis un jour assez rapproché pour rendre visite, en compagnie de mon ami, à M. Marcus-Brutus Midge, — ainsi s'appelait le nègre. — Et notre conversation particulière en resta là.

Le soir du jour fixé, c'est-à-dire une semaine environ après la petite fête donnée à M. Corker et à son ami Goliath Brass, mon compagnon inséparable et moi nous prîmes le train direct pour Deptford, et non sans quelque peine nous parvînmes à trouver la ruelle de Neptune, honorée par le séjour de M. Midge.

A notre grande surprise, et à notre grand désappointement, le nègre était tout seul, M. Corker, à ce que nous dit sa belle-fille, ayant été consigné à l'hôpital pour quelque infraction au règlement. Quoi qu'il en fût, Marcus-Brutus Midge nous attendait.

Quand M. Corker nous avait vanté la beauté de l'ameublement du gentleman africain, il s'était trompé de moitié; c'était plus que brillant, c'était resplendissant. Le tapis de Kidderminster qui couvrait le parquet était rouge et vert; le papier de tenture était un véritable parterre où fleurissaient des dahlias, des pavots et des roses trémières; il y avait bon feu dans

la grille, et la flamme s'élevait à plusieurs pouces au-dessus de la barre supérieure, jetant ses brillants reflets sur la garniture en cuivre de la cheminée, sur la pelle et les pincettes, aussi en cuivre, et sur la bouilloire du même métal, où il y avait de l'eau à chauffer. Les deux chandeliers en cuivre doré, qui ornaient la cheminée, se réfléchissaient dans la glace; une montre à savonnette en argent, large comme une soucoupe, pendait à un clou doré; et étendu dans un fauteuil, recouvert d'une étoffe jaune, se tenait au milieu de tout cela Marcus-Brutus Midge, le monarque de ces lieux et le propriétaire de ces richesses. C'était certainement le plus beau nègre qu'il fût possible de voir. Au sommet de ses cheveux laineux et tout blancs, était perchée une calotte en velours rouge ornée d'un gland d'or. Il portait un habit bleu avec des boutons dorés, un gilet jaune et des pantalons blancs. Ses pieds malades étaient entourés d'un foulard rouge, et reposaient sur un tabouret couvert d'une étoffe bleu clair, et les clous de ce tabouret étaient aussi dorés.

« Très-satisfait de vous voir, Messieurs, fit M. Midge en levant courtoisement sa calotte quand nous fûmes introduits par sa gouvernante. Très-satisfait et très-flatté de voir en ce moment, et à tout autre moment, des amis de mon ami M. Corker. Un homme très-remarquable que M. Corker, Messieurs! Prenez des sièges, Messieurs, s'il vous plaît. Sarah, apportez le rhum, et le sucre aussi, Sarah, et n'oubliez pas le citron. »

Au bout de quelques minutes, nous causions avec Marcus-Brutus Midge comme si c'eût été un personnage ordinaire.

« Ce n'est pas souvent que des gentlemen — de vrais gentlemens, s'entend, — me font l'honneur de venir me voir, observa M. Midge en se préparant un verre de grog, mais il n'importe, nous avons le cœur beaucoup trop haut placé pour croire qu'on ne s'aperçoive pas de nos mérites. Regardez le monument!

Très-peu de gens vont voir le monument ! Pourquoi ?
Parce que c'est pour eux une vue familière. Mais si
un de ces jours le monument venait à tomber, par
Jupiter ! je pense qu'ils accourraient tous pour jouir
du spectacle. Eh bien, je suis comme le monument.
Tout le monde me connaît, tout le monde sait qu'il
y a par ici un nègre remarquable, et voilà pourquoi
on ne prend pas la peine de le venir voir. Mais quand
il sera mort, par Jupiter ! la foule encombrera les
rues ce jour-là. Qu'en pensez-vous ?

— Mais cela ne m'étonnerait pas, me hasardai-je
à répondre au vieux bonhomme, qui se faisait de sa
réputation et de sa popularité une si modeste idée ;
j'ai pourtant honte d'avouer que jusqu'à ce que votre
ami m'eût parlé de vous, votre nom n'avait jamais
frappé mes oreilles. »

Marcus-Brutus Midge nous regarda d'un air stu-
péfait en montrant tout le blanc de ses yeux.

« Est-ce que par hasard vous n'avez jamais entendu parler de saint George et du dragon ? demanda-
t-il d'un accent où perçait une légère ironie.

— Si fait ; tous les Anglais connaissent cette histoire.

— Bien, Môssieu, et vous n'avez pas entendu
parler de Mungo Midge — c'est le nom que je por-
tais dans le temps — et de son aventure avec l'alligator ? Humph ! Messieurs, à dire la vérité, si la jalousie nationale a été jamais poussée à l'excès, je vous
déclare, Môssieu, que c'est dans la présente occasion.
Excusez-moi, Môssieu. »

Et d'un geste écrasant l'irascible africain noya son
indignation dans un grand verre de grog. Je niai
d'une manière calme, mais ferme, de m'être rendu
coupable d'une pareille petitesse, ajoutant, pour ma
défense, qu'aussitôt que nous avions été informés de
l'existence d'un homme aussi renommé que lui, nous
nous étions empressés de le venir voir. Après plusieurs larges doses de compliments et de flatteries, le
vieux nègre consentit à s'apaiser.

« Bien, bien, dit-il, puisque vous n'avez jamais
entendu raconter cette histoire de l'alligator, je man-
querais à mon devoir vis-à-vis des hommes blancs
et vis-à-vis de mes frères, si je vous gardais ran-
cune. » Disant cela, il prit le fourgon surmonté d'une
boule de cuivre et en donna plusieurs coups sur la
grille. A cet appel la gouvernante parût.

« Sarah, prenez ces clefs et apportez-les ici. Soigneusement, faites attention. Puis-je vous demander, Messieurs, continua M. Midge, quelle est la
chose qui vous a le plus frappés quand vous êtes en-
trés dans cet humble parloir ? »

Ce qu'il y avait de plus frappant était sans aucun
doute le papier de tenture, et jetant un regard de ce
côté, j'allais formuler mon opinion, mais mon ami
me prévint.

« Ce qu'il m'a semblé y avoir ici de plus remarquable, dit-il, sont ces tableaux qui ornent les murs.
Puis-je les examiner sans indiscrétion ? »

— Sans aucun doute, répliqua M. Midge montrant par le son de sa voix que l'artiste avait deviné
juste. Ils valent la peine d'un examen, Môssieu.
Ils illustrent une aventure, Môssieu, qui enfonce
George et son dragon jusque dans le troisième dessous, Môssieu. Vous voyez qu'il y a deux personnages seulement dans ces peintures : un alligator
et un autre individu. Je suis l'autre individu, Môssieu ! »

Et Marcus-Brutus Midge sonna de la trompette
avec son nez, en se servant d'un foulard absolument
semblable à celui qui entourait ses pieds goutteux,
et releva le col de sa chemise, qui avait déjà pourtant
une hauteur assez notable. L'effet que produisaient
à l'œil les peintures en question était certainement
surprenant et imposant à l'excès, je suis persuadé
que nos exclamations involontaires firent à M. Midge
le plus grand plaisir.

« Ceci, Monsieur est, je présume, peint d'après
nature, dit l'artiste.

— Oui, Môssieu, d'après nature, avec l'aide de la mémoire et de l'imagination ; rien de plus, Môssieu.

— Je m'aperçois, lui dis-je, que depuis ce temps, vous avez perdu la sauvage, et j'ose dire la très-embarrassante habitude de porter un anneau à votre nez.

— Je n'ai jamais porté d'anneau au nez, Môssieu, répliqua M. Midge avec dignité. Ce que vous voyez là, c'est la marque distinctive de notre famille, Môssieu ; nos armes. Mes amis et mes parents avaient l'habitude d'en mettre, mais c'était avant le temps de mon bisaïeul Pierre, qui habitait le vieux Calabar, Môssieu. Le fait est, Môssieu, qu'il y a dans la Floride d'autres personnes qui portent mon nom, mais ce sont des gens de rien, et avec lesquels je n'ai aucune relation de parenté. C'est pourquoi, pour me distinguer d'eux, je me suis peint avec un anneau au nez. Voilà, Môssieu, l'explication de ce détail. »

En ce moment le frottement de quelque objet volumineux contre les murs se fit entendre, et la gouvernante de M. Midge entra, portant dans ses bras un énorme paquet d'une couleur jaunâtre et d'un aspect étrange. Elle posa cet objet sur le tapis et se retira aussitôt.

« Cette goutte infernale m'empêche de me lever, Messieurs, remarqua M. Midge, mais si vous voulez avoir la bonté de dénouer la corde qui entoure cette peau, vous verrez à quel animal elle a appartenu. »

Nous déliâmes la corde, et déroulant soigneusement le mystérieux paquet, nous trouvâmes que c'était la peau même dont M. Corker nous avait parlé, c'est-à-dire celle d'un alligator.

Sans aucun doute, de son vivant, l'animal avait dû être une bête formidable. Ces griffes tenaient encore à la peau de ses pattes, et les horribles rangées de ses dents pointues s'échelonnaient dans sa gueule ratatinée. La longueur du monstre était telle, que non-seulement sa dépouille étendue touchait d'un mur à l'autre, mais encore la queue, en se repliant, arrivait jusqu'à la table placée au beau milieu de la chambre.

« Quelle horrible créature ! nous écriâmes-nous ; il y avait dans son ventre assez de place pour contenir au moins une demi-douzaine de personnes.

— Je suppose qu'elle en a logé beaucoup plus que cela, les unes après les autres, répondit M. Midge en ricanant ! Une centaine serait plus près de la vérité. Oui, Messieurs, à ma souvenance — et je n'arrivai dans le voisinage de l'alligator que plus de onze ans après qu'il eut commencé à se repaître de chair humaine — à ma souvenance il a dévoré dix-neuf jeunes gens et jeunes filles du pays, sans compter les vieillards et les petits enfants. Quand je fus d'abord transporté dans cette partie du continent, et employé à la récolte du coton — il est évident que M. Midge entamait sa narration — l'épouvante parmi les nègres était quelque chose de terrible. Presque chaque mois, un beau matin on entendait murmurer : « Il a disparu, ou bien, elle a disparu, » et personne ne savait ni où ni comment. Qu'étaient-ils devenus ? On les avait vus pour la dernière fois se promenant le soir au bord de la rivière, tout à coup Whiz ! ils s'évanouissaient et on n'en entendait plus jamais parler. Notre vieux maître enrageait, et il y avait bien de quoi. Ses plus jeunes esclaves étaient enlevés de la même manière et ce mystère ne pouvait être expliqué. « Au diable la plantation, dit-il ; elle est sûrement hantée par quelque mauvais esprit. » Cela semblait être l'explication la plus probable ; il devait y avoir dans l'affaire quelque chose de surnaturel, car on n'avait jamais vu de mortalité qui frappât de cette façon sans laisser trace de la victime.

Bien, je tins mes yeux tout grand ouverts. J'avais entendu mon vieux grand-père raconter des histoires de sorciers et de sorcières qu'il avait ouï raconter lui-même dans le vieux Calabar ; or, après avoir tourné et retourné dans mon esprit toute l'affaire, je me dis à moi-même : « D'abord on n'enlève pas des nègres sans avoir des bras, en second lieu, les revenants et les sorcières n'ont pas de bras, en conséquence à qui sont les bras qui enlèvent les nègres ? » Aussitôt que j'arrivai à cette conclusion sensée, je tins encore mes yeux plus grand ouverts qu'auparavant, et un beau jour je fis une découverte.

Il y avait une vieille femme, une vieille négresse usée qui n'était plus capable de travailler ; on l'occupait à tenir une école pour les jeunes noirs, et à garder les enfants des négresses plus robustes pendant qu'elles étaient aux champs. C'était bien la plus horrible créature qu'il fût possible de voir, pliée en deux par l'âge et ayant de la barbe au menton tout comme un homme. Mais ce n'est pas cela qui me fit porter mon attention sur la vieille Rose, c'était la ressemblance frappante de sa figure avec le museau de l'animal que vous avez maintenant devant les yeux. Le matin surtout cette ressemblance était encore plus visible. J'avais l'habitude de porter tous les matins à sa hutte du lait pour les petits enfants, c'est ainsi que je remarquai qu'elle ressemblait à un alligator autant qu'une créature humaine peut ressembler à un animal. Ses yeux étaient petits et fendus, sa bouche était grande et fendue, et elle avait par moments une certaine manière de vous approcher, de vous caresser, de vous enjôler pour vous faire aller lui chercher de l'eau ou tourner son moulin, elle avait, dis-je, dans ces moments, une manière d'agir qui dénotait un degré de ruse peu ordinaire.

Il y avait encore autre chose. Un jour une jeune mulâtresse — une bien jolie fille — disparaît comme d'habitude, et personne ne sait comment. Personne, excepté moi, et je savais ceci, c'est que je l'avais vue la veille au soir chez la vieille Rose. Bien, quinze jours se passent, Jacques Lacourge, lui aussi, disparaît ; comme toujours personne ne sait rien, excepté le nègre que voici, et lui connaît quelque chose, il a vu Jacques Lacourge aller la veille au soir chez la vieille Rose, juste comme la mulâtresse. Et par Jupiter ! le matin suivant la ressemblance de la négresse avec un alligator s'était tellement accrue, que lorsque je passai le seuil de sa porte je n'aurais pas été du tout surpris de lui voir me couper la jambe d'un coup de dents.

Bien, n'ayant pas encore de preuves positives, je tins ma bouche close, mais j'ouvris les yeux encore un peu plus grands.

Notre surveillant me dit un soir : « Porte ce poivre de Cayenne à la vieille Rose, et dis-lui de l'appliquer aux doigts de pied des petits enfants pour détruire le chegoë ; comme vous le savez peut-être, Messieurs, c'est un petit insecte destructeur qui dépose ses œufs sous les ongles. Bien, je porte le poivre, et j'arrive à la hutte, juste à la tombée de la nuit. Comme il avait plu, la terre détrempée amortissait le bruit de mes pas, si bien que j'arrive tout près, sans que personne m'entendît. Je pousse la porte doucement, et qu'est-ce que je vois ? Une jeune négresse appelée Coquette causant avec la vieille Rose, et la vieille Rose lui donnant sur une feuille quelque chose qui ressemblait à du beurre. « Fais bien attention, dit-elle, il faut aller tout à fait sur le bord, regarder dans l'eau, et tu y verras la figure de ton amoureux. » Elle allait ajouter quelque autre chose, lorsque, m'apercevant tout à coup, elle se tut et poussa Coquette dehors.

Cela m'est égal de vous avouer que j'avais des vues sur cette jeune négresse, et quoique je ne lui eusse jamais déclaré mon affection, je ne l'en aimais pas moins pour cela. Après m'être acquitté de ma commission, je retourne tout soucieux à la plantation.

Voir la figure de son amoureux ! me disais-je. Qui diable peut être son amoureux ? Cette pensée m'empêcha de dormir toute la nuit.

Au matin il y eut encore un beau vacarme. Coquette, la négresse aux yeux bruns, ne put être retrouvée. Notre surveillant, qui l'aimait beaucoup, mit tout sens dessus dessous pour découvrir la cause de sa disparition. Depuis que nous avions cessé nos travaux la veille au soir, personne ne l'avait aperçue excepté moi, et je me gardai bien de rien dire. Le surveillant demanda à la vieille Rose : « Avez-vous vu Coquette ? » Elle répond : « Il y a au moins trois jours que je ne l'ai vue. » La vieille menteuse ! Ce jour-là je ne cueillis pas beaucoup de coton, mais mon esprit était très-occupé.

La nuit venue, j'emporte avec moi un petit cadeau, et je vais à la hutte de la vieille Rose. Arrivé là, je commence à tourner les yeux, à soupirer et à gémir, tout cela sans dire un seul mot.

« Bon Dieu ! M. Mungo, qu'est-ce que vous avez donc ? dit la vieille.

— Que je sois pendu si j'en sais rien, ma vieille dame, voilà deux semaines que je suis dans cet état. Je me sens mal à mon aise, et j'ai ici des palpitations. » En disant cela je mets ma main sur la poitrine.

La vieille Rose sourit avec malice. « Vous êtes amoureux, Mungo, voilà ce que c'est, dit-elle, vous êtes amoureux d'une jolie fille de la plantation.

— Pire que cela, lui répondis-je, je suis amoureux au moins de deux, et mes palpitations proviennent de ce que je ne sais pas laquelle choisir. »

En disant cela, je regardai fixement la vieille sorcière, et je vis de nouveau clairement briller dans ses yeux le regard de l'alligator.

« Et qu'êtes-vous venu faire ici ? dit-elle. Est-ce que vous n'avez pas assez de deux amoureuses, pour venir encore me faire la cour ?

— Je ne suis pas venu pour vous faire la cour, grand'mère, lui répondis-je, mais pour vous demander un conseil.

— Qu'est-ce que vous donnez en échange ? fit-elle.

— Ces pendants d'oreille, je les ai achetés pour en faire présent à l'une des deux jeunes filles en question, mais puisque je ne puis pas me décider, autant vaut que vous les ayez. »

Là-dessus je lui remis les pendants. Elle se traîna vers la porte et poussa le verrou : « Mungo, dit-elle, je ne puis rien faire par moi-même, mais si vous voulez me promettre de n'en dire mot à personne, je vais vous donner un charme qui vous fera voir clair dans votre cœur, et vous montrera celle que vous devez épouser.

— Ne craignez rien, grand'mère, lui dis-je, donnez-moi seulement le charme. »

Elle alla dans un des coins de la hutte, gratta un peu la terre, et rapporta au bout de ses longs ongles une substance qui ressemblait à du beurre. Elle mit cela sur une feuille qu'elle me donna.

« Ceci est de la graisse de coucou, dit-elle. Tout ce que vous avez à faire c'est de vous en frotter les jambes, et de vous promener la nuit au bord de la rivière, à l'endroit où commence le bosquet de mangous. Et quand bien même la nuit serait aussi noire qu'un four, vous verrez briller à la surface de l'eau la figure de celle qui vous aime le mieux.

— Merci, lui dis-je, je ferai comme vous me dites, ne craignez rien.

— Et faites bien attention, mon garçon, ajouta-t-elle, si vous laissez seulement soupçonner ce que vous allez faire à qui que ce soit, homme, chien ou diable, vous ferez aussi bien de rester chez vous, car vous ne verriez absolument rien.

— Je ne le dirais même pas à ma propre mère, dût-elle me le demander jusqu'à en devenir jaune, » lui répondis-je.

Satisfaite de cette réponse, elle tira le verrou et me laissa partir.

Bien, j'avais déjà décidé ce qu'il me restait à faire, et je fis mes préparatifs en conséquence. Je frottai mes jambes avec la matière jaunâtre. Elle sentait très-fort, comme une odeur de soufre. Je m'emparai d'un énorme gourdin que je m'étais fabriqué durant l'après-midi, et ayant soin que personne ne me vît, je me dirigeai vers le bosquet de mangous qui bordait la rivière.

Bien, il ne faisait pas tout à fait sombre, la lune brillait par dessus une masse de nuages noirs, et je me mis à me promener, tenant mon gourdin tout contre ma jambe, afin qu'on ne pût le voir, et mes yeux attentivement fixés sur l'eau.

Pit, pat! je m'avance à la sourdine, et bientôt je distingue dans l'eau un certain petit frémissement,

Mungo Midge compte trop sur l'inhabileté de l'alligator à tourner sur son axe.

comme le son d'une feuille qui tombe. Sans rien changer à mon pas, je dirige un œil de ce côté, et j'aperçois le museau que je m'attendais à voir, pointant au-dessus de la rivière, et se dirigeant vivement vers le rivage. Tout cela silencieusement, sans que l'eau déplacée fît entendre aucun murmure, et d'après cela je reconnus à l'instant que l'alligator que j'étais venu chercher n'était autre chose que la sorcière, qui avait pris cette forme pour mieux accomplir son projet homicide.

Je ne me laissai pas effrayer. Je serrai seulement mon gourdin plus fort, en m'éloignant un peu du bord de l'eau. Jetant un nouveau regard par dessus mon épaule, je vis mon animal les pattes sur la boue du rivage, et en train de se sortir de l'eau. Je m'éloignai encore un peu, tout à coup il s'élance et se précipite sur mes jambes.

Mais j'étais sur mes gardes. Pas pour cette fois! m'écriai-je, et me retournant vivement je lui assène un énorme coup de massue entre les deux yeux. Un alligator ordinaire en eût été assommé, mais j'avais malheureusement affaire à une sorcière, et le résultat fut que mon gourdin se brisa comme une pipe d'un sou. Et ce n'était pas encore le pire. J'avais bien réfléchi avant de partir, et je m'étais dit : « Je ne cours pas l'ombre d'un danger. Si j'assomme l'alligator du coup, l'affaire est finie. Si au contraire mon coup de massue ne le tue pas à l'instant, la dure réception qu'il aura reçue ne l'engagera pas à revenir à la charge, il sera trop content de s'en retourner à la rivière et tout sera dit. » Mais je comptais sans mon *autre*, comme dit le poëte. L'alligator ne se sauva

Au moyen d'une cabriole, la Sorcière noire tourne la difficulté.

pas. Au contraire, il fixa sur moi ses yeux verts, renifla avec son long et ignoble museau, et s'élança sur moi pour la seconde fois.

Je vous le demande, à quoi cela l'avançait-il de lutter à la course avec un gaillard aussi agile que je l'étais dans ce temps-là? En outre je connaissais toutes les ruses de l'animal, et je savais que le meilleur moyen de lui échapper était de courir en décrivant un cercle autour de lui, à cause de la grande difficulté qu'il éprouve à se tourner. Si bien que je me dis : « Par Jupiter! je veux du moins, faute de mieux, m'amuser à faire enrager cette vermine. » En conséquence je cours un petit bout de chemin, et me retournant tout à coup vers l'alligator, je me mets à décrire un cercle, puis je continue de nouveau ma course en ligne droite gagnant au moins douze mètres sur lui pendant qu'il se retournait. Cela suffit, pensai-je ; si je puis le maintenir dans ces dispositions, il ne s'apercevra pas par quel chemin je le mène, et je l'entraînerai petit à petit jusqu'au quartier où dorment mes camarades.

Mais une fois de plus je comptais sans mon *autre*.

Dès le commencement je savais que je ne m'attaquais pas à un alligator ordinaire, et j'aurais dû faire mon calcul en conséquence. J'essayai de décrire un cercle pour la seconde fois, cela réussit; je l'essayai une troisième fois et cela ne réussit plus du tout, car au moment juste où je me trouvais derrière sa queue, le monstre fit une énorme cabriole, et son museau se trouva si près de mes jambes, que sa respiration brûlante faillit me griller la peau.

Ceci était très-malheureux pour moi, parce que, voyez-vous, non-seulement cette dernière manœuvre de l'animal faisait de notre différend une question de vitesse, mais elle me forçait à suivre un chemin qui n'était pas celui de la plantation. Je me voyais au contraire obligé de diriger ma course à travers une plaine qui, dans un espace de six milles, offrait à peine à l'œil une demi-douzaine d'arbres.

Par Jupiter! c'était une course, et il y avait de quoi perdre haleine. A ce moment la lune, assez haute, éclairait tout ce qui se trouvait devant moi; grâce à sa lueur, je pus distinguer un arbre à une distance d'environ un mille et demi : si je peux seulement atteindre cet arbre, me dis-je, je suis sûr de mon affaire, car un alligator, quelque sorcier qu'il soit, ne pourra jamais y grimper. Je redoublai d'efforts, et j'accrus encore la rapidité de ma course, tandis que le souffle enflammé de la brute me causa une telle transpiration que mon corps en ruisselait comme sous la pluie.

Bien, j'atteins l'arbre, et d'un saut je me cramponne à une branche isolée, longue environ d'une vingtaine de pieds, et allant en diminuant jusqu'au bout, qui se terminait en pointe. Je rampe sur cette branche jusqu'à une certaine distance, et jetant un regard au-dessous de moi, j'aperçois l'alligator debout sur sa queue et ses pattes de derrière, déchirant l'arbre avec ses griffes de devant, et faisant tout ce qu'il pouvait pour m'atteindre. En même temps il pleurnichait et geignait comme une vieille femme.

Ses regards à cette heure n'étaient plus ardents, ils étaient au contraire doux comme du lait, et de grosses larmes coulaient de ses yeux.

« Mais faut-il que vous soyez fou! cria la bête d'un ton caressant, j'ai bien envie de me mettre en colère après vous pour m'avoir fait courir ainsi. Un cœur aussi faible que le vôtre ne gagnera jamais d'amoureuse.

— Que savez-vous de la mienne, hé?

— Ce que j'en sais? mais ne sais-je pas que vous êtes venu au bord de la rivière exprès pour voir son visage?

— Comment savez-vous cela?

— Je sais tout. J'ai un message pour vous de la part de votre bien-aimée, descendez et je vous le glisserai dans le tuyau de l'oreille.

— Merci, lui dis-je, mais je vous prie de m'excuser. Je crois que je vous ai déjà vue avant ce moment.

— Où? s'écria la sorcière.

— Si ce n'est pas vous, c'est une personne qui vous ressemble énormément, lui dis-je. Cette personne s'appelle la vieille Rose et demeure à la plantation. »

En entendant ces mots, la créature poussa un hurlement si horrible, que je faillis lâcher la branche à laquelle je me retenais.

« En voilà assez! En voilà assez! cria-t-elle. Maintenant il faut que je vous aie, il le faut, dussé-je m'arracher les ongles pour parvenir jusqu'à vous. »

Disant cela, l'animal tendit sa queue comme un arc, et s'en servant comme d'un ressort, il réussit à accrocher ses dents de devant à la partie la plus épaisse de la branche qui me servait d'asile. Je reculai vivement; sans cela j'aurais sans doute été atteint. Lorsqu'il eut trouvé un point d'appui, l'alligator n'eut pas grand'peine à se hisser sur la branche, et je me vis forcé de reculer jusqu'à l'extrémité la plus mince, qui ployait et se balançait sous mon poids comme une canne à pêche.

Je crois vous avoir dit que la branche n'était pas très-forte, mais la sorcière était tellement déterminée à m'avoir, que sans s'inquiéter comment elle pourrait s'en retourner, elle se mit hardiment à ramper vers moi. A mesure qu'elle avançait, la branche commença à craquer d'une manière menaçante. Voyant cela ,

La Sorcière noire tient énormément au noir.

elle s'arrêta et regarda le sol de ses yeux verts, afin de calculer la distance qui l'en séparait.

« Allons, allons, dit-elle, ceci est pousser la plaisanterie trop loin, puisque nous ne pouvons pas nous mettre d'accord, il vaut mieux nous quitter avant d'en venir aux coups.

— Je me trouve très-bien où je suis, lui dis-je. Si vous voulez-vous en aller, je suppose que vous pouvez reprendre le chemin par lequel vous êtes venue.

— Je suppose que cela m'est impossible, répondit la sorcière d'un air vexé. Allons, soyez bon enfant, aidez-moi à descendre et je m'en retournerai aussitôt à la rivière.

— Je ne me sens pas encore disposé à descendre, répondis-je. Je suis monté ici dans l'intention de me balancer et je vais commencer. »

Disant cela, je me glissai tout au bout de la branche, et m'y suspendant de mes deux mains, je me mis à la secouer de toutes mes forces. Par Jupiter! il fallait voir dans quel état était cette misérable créature, en se sentant si rudement aller et venir.

« Pardon! pardon! cria-t-elle. Je sais que je suis une méchante, une infernale vieille, mais miséricorde! laissez-moi partir, et je ne ferai jamais plus de mal à personne. Je retournerai à la rivière, je n'en sortirai plus, et je consacrerai le reste de mes jours à expier mes crimes. »

Il n'y avait plus maintenant de doute à conserver.

« Ainsi donc, vous êtes une vieille femme, lui dis-je en imprimant à la branche une telle secousse que la sorcière faillit dégringoler. Comment vous appelez-vous?

— Oh, oh, miséricorde! hurla-t-elle en ouvrant son museau diabolique au point qu'on pouvait voir jusqu'au fond de son gosier. Oh! oh! mon bon M. Mungo, je vous en prie, ne me balancez plus ainsi. Je suis perchée beaucoup trop haut et la respiration me manque pour répondre à votre question, mais aidez-moi à descendre, et je vous avouerai tout.

— Faites bien attention, lui dis-je, jetant mes jambes par dessus la branche, et me tenant tranquille une minute. Faites bien attention, vous voilà entièrement en mon pouvoir. Les secousses que vous avez éprouvées ne sont rien près de celles que je puis vous donner, et vous savez aussi bien que moi que si je vous force à lâcher prise, il est parfaitement sûr que dans la chute vous allez vous casser les reins; mais je veux vous donner une chance d'éviter cette dure destinée. Ce que vous avez à avouer, avouez-le, là où vous êtes, mais comprenez bien qu'il me faut la vérité, car avant que vous ouvriez vos mâchoires infernales, je dois vous dire que je sais tout. Si vous m'obéissez, je vous promets à mon tour de trouver un moyen de vous faire descendre beaucoup plus vite que vous n'êtes montée?

— Vous ferez ce que vous dites? bredouilla l'horrible vieille.

— Que je n'avale jamais une bouchée de maïs si j'y manque d'un seul point; mais faites-y bien attention, il me faut la vérité, rien que la vérité.

— La vérité sur quoi? Vous voulez savoir qui je suis?

— Il est tout à fait inutile de perdre votre temps à me dire cela, lui répondis-je, parce que je le sais déjà; vous êtes la vieille Rose, voilà qui vous êtes! »

En entendant ces mots, elle se mit à se répandre en sanglots. « Miséricorde! dit-elle, je me doutais qu'il me connaissait. Puisqu'il sait cela, il connaît les trois quarts de mon histoire et je ne risque rien à lui en apprendre le reste. » Elle commença donc sa confession de la manière suivante :

« Tout mon malheur a été causé par la jalousie, dit-elle; suivez l'avis d'une vieille femme, jeune homme, et évitez la jalousie comme vous éviteriez le poison. Il y a quarante-trois ans que je perdis mon premier mari, et ne trouvant rien à dire contre le mariage, je m'occupai à lui chercher un successeur. J'avais plus de quarante ans, mais mon vieux bonhomme avait fait des économies, j'avais de l'argent et je trouvai sans peine un prétendant. Vous ne l'avez jamais connu, M. Mungo, c'était bien avant votre temps, mais miséricorde! c'était là un nègre! Le plus beau et le mieux fait de toute la plantation; toutes les filles tournant autour de lui comme les mouches autour d'un panier à sucre. Eh bien, malgré cela, ce fut moi qu'il choisit. Je pensais que c'était parce qu'il m'aimait mieux que toutes les autres. Vieille folle que j'étais! c'était mon argent qu'il aimait, et quand il l'eut tout dissipé, il me rit au nez. Quand je lui reprochais de sortir tous les soirs et de me laisser seule à la maison, il me repondait: « Miséricorde, ma vieille, pourquoi .crois-tu donc que je t'ai épousée? N'ai-je pas plus de bon sens qu'un cheval, et reste-t-il dans le pré quand il en a mangé toute l'herbe? » Et il se mettait à rire, et sortait en fermant bruyamment la porte.

Comment Rose, la Sorcière noire fut forcée de se confesser.

« Bien, je ne savais quel parti prendre, j'enrageais, je jurais et j'appelais le diable à mon secours. Un soir que je l'appelais plus fort que d'habitude, j'entends une espèce de frôlement dans le chaume de notre cabane, et l'instant d'après je vois descendre d'en haut, suspendu à un fil d'araignée, un objet jaune gros comme un escarbot, mais ayant la forme d'un alligator.

« Bonsoir, Madame Blanche, dit l'objet. Tu m'as appelé et me voilà. Que me veux-tu? » Bien; vous comprenez qu'il n'y avait pas de quoi s'effrayer à la vue d'un animal de cette grosseur, que j'aurais facilement

13

pu écraser sous le talon de mon soulier. Et voilà justement où le diable montre son adresse et sa ruse.
S'il m'était apparu avec des pieds fourchus, une queue
et des cornes, je me serais méfiée et aurais eu peur
de m'engager avec lui ; mais le voyant si peu à
craindre, je me dis : Ma foi, si tu peux m'aider, j'ac-
cepte ton assistance. En conséquence je répondis à sa
question.

« Je veux que mon mari meure, lui dis-je, je veux
qu'il meure parce qu'il aime tout le monde et qu'il
me hait.

— Très-bien, dit l'objet jaune, en tambourinant
le plancher avec ses pattes de devant. As-tu calculé le
prix que ce que tu demandes va te coûter?

— Si cela devait coûter tout ce que je possède,
dis-je en riant amèrement, je le donnerais de bon
cœur, d'autant plus qu'il a pris soin de ne me laisser
presque rien.

— Bien, tu offres tout ce que tu as ?

— Absolument tout.

— Et tu feras toujours ce que je t'ordonnerai de
faire ? »

Merci de moi, ses ordres! Il était si petit, qu'avais-
je à redouter?

« Toujours, lui répondis-je.

— Ne promets rien à la légère, dit-il, réfléchis bien
auparavant. Tu te donneras à moi irrévocablement,
tu obéiras à mes ordres et tu les suivras de point en
point?

— Mais oui, cent fois oui, lui répondis-je. Ma dé-
cision est prise.

— Très-bien, fit le démon ; alors défais les agrafes
du haut de ta robe. N'aie pas peur, cela ne te fera
pas plus de mal qu'une piqûre d'épingle. »

J'ouvris donc ma robe, et l'objet jaune se balan-
çant au bout de son fil de soie, se posa sur ma poitrine, juste au-dessus du cœur. Je sentis une petite
morsure, et l'instant d'après je le vis remonter, mais
sa couleur n'était plus jaune, elle était rouge. Il se
dirigea vers un coin de la chambre et je vis quelque
chose sortir de sa bouche.

« C'est tout, dit-il. Attends que Daniel revienne
et soit endormi, alors lève-toi, gratte dans le coin que
voilà, et tu y trouveras un charme jaune. Frottes-en
ses jambes, et lorsque ton mari sortira il ne reviendra
plus. »

Sans ajouter un seul mot, il se hisse jusqu'au
chaume de la cabane et disparaît. Alors je regarde ma
poitrine à l'endroit de la morsure, et je vois une
marque d'un rouge brillant, ayant la forme d'un alligator. Je la frotte tant que je peux, pas moyen de
la faire partir ; je frotte encore, je frotte toujours,
jusqu'à enlever la peau, mais l'empreinte est trop
profonde, et résiste à tous mes efforts. Alors je m'as-
sieds dans l'obscurité, l'angoisse au cœur, et je pleure,
je pleure, je sens que j'aime tellement Daniel, qu'il
me tarde de le voir de retour pour tout lui dire.

Je reste ainsi pendant longtemps. Enfin j'entends
des éclats de rire près de notre porte, je regarde à
travers une fente, et je vois mon Daniel jouant avec
de jeunes négresses de la plantation et leur faisant
des moqueries de sa vieille femme. Alors tout mon
amour pour lui s'évanouit, je grince des dents, et je
sens la marque rouge s'enfoncer encore plus profondément dans mon cœur.

Cette nuit Daniel se coucha ivre-mort. Je me levai,
j'allai dans le coin indiqué, je pris le charme jaune, je
fis enfin tout ce que le diable transformé en alligator
m'avait dit de faire.

Le matin suivant, Daniel se leva mal à son aise et
avec un violent mal de tête : « Je vais me baigner à la
rivière, ma vieille, me dit-il. Tiens le déjeuner prêt
pour quand je reviendrai. »

Mais il ne revint jamais. Il se jeta à la nage et on ne
le revit plus. C'est une crampe, dit-on, faute de trouver une raison meilleure, car Daniel était le meilleur
nageur de la plantation.

Bien, la nuit suivante je me mets au lit et je crois

que je rêve. Je crois que je rêve que, ne sentant pas Daniel près de moi, je me lève et vais vers la rivière pour le chercher. Alors pendant que je me promène le long du rivage, je sens que je change de forme. Je m'aplatis et je m'allonge, et je sens le besoin de me mettre à l'eau. Je vais tout près du bord, je me re-

garde et je vois que j'ai pris la forme d'un alligator. Et j'entre dans la rivière, et je nage de ci et de là, et je suis heureuse. Tout à coup — toujours dans ce que je crois être un rêve — je rencontre l'objet jaune qui est descendu du toit de ma cabane pour me donner le charme. Mais maintenant il n'est plus petit,

Mungo Midge tient sa promesse.

il est gros et long comme un tronc d'arbre, et ses mâchoires sont armées de dents formidables longues comme des dents de houe. Mais je ne me sens pas du tout effrayée. Au contraire je lui touche la patte, et je lui dis que je suis enchantée de le voir, et il me répond de même.

Je lui demande : où est Daniel ?

« Je l'ai mangé, dit-il, et c'est justement parce que je l'ai mangé, que tu auras chaque soir à te rendre ici, et à aller à la pêche pour moi, tandis que je resterai au fond pour attendre mon souper. »

Alors je m'éveille, contente de voir que tout cela

n'était qu'un rêve; mais quand je me lève, je trouve que mes souliers sont humides, je vois les empreintes encore humides de mes pas tout autour de la chambre, et je vois les mêmes marques sur le sentier qui conduit de ma porte à la rivière.

Et pendant longtemps, toutes les nuits, je quittai ma hutte et allai à la pêche pour le compte du diable. Mais un jour il me dit : « Tu deviens vieille et paresseuse, ta pêche n'est plus assez fructueuse; il faut tendre un appât au gibier pour le rabattre ici. » D'a-

bord je refuse, mais il me bat et il me mord, et je finis par céder. Alors je dis la bonne aventure et je distribue le charme jaune, qui se renouvelle sans cesse dans son coin ; les victimes se rendent au bord de la rivière, et je les happe et les porte au maître. Voilà, M. Mungo, maintenant que vous savez tout, j'espère que vous allez tenir votre parole et me prêter votre secours pour descendre.

— Avez-vous dit la vérité et rien que la vérité? lui demandai-je.

Triomphe de Midge.

— La vérité pure, dit-elle.

— Et vous n'avez plus rien à avouer?

— Absolument rien.

— Alors je vais remplir ma promesse. Je vous ai dit que je trouverais un moyen de vous faire descendre plus vite que vous n'êtes montée, eh bien donc! descendez. »

Et en parlant ainsi, je lâchai la branche et sautai par terre. Naturellement, cette branche se releva comme un ressort, et lança dans l'air la sorcière, qui

retomba comme un plomb et se cassa le cou. Et voilà comment se termina son existence maudite.

Je la pris par la queue et la traînai jusqu'à la plantation. Par Jupiter ! il fallait voir les regards étonnés des nègres, quand je leur criai de toutes mes forces de venir voir ma chasse. Ils sortaient juste de souper, et étaient en cercle autour du feu avant de se mettre au lit, mais ils accoururent immédiatement. Et ils applaudirent, et ils firent entendre mille exclamations de joie, et on alla chercher notre bon vieux maître,

et je lui racontai l'histoire telle que vous l'avez en-
tendue.

« Petit Jacques, dit-il à un jeune garçon, cours
à la hutte de la vieille Rose et dis-lui que j'ai à lui
parler. »

L'enfant partit, mais il revint bientôt, et dit que
la vieille Rose était sortie. Et on attendit toute la
nuit, et elle ne revint pas ; et tout le jour suivant,
et elle ne revint pas davantage, et jamais elle n'est
revenue.

Alors mon maître me fit dire de me rendre à la
maison d'habitation, et il me dit : « Mungo, je veux
te donner une marque de mon estime pour le courage
merveilleux que tu as montré dans cette affaire de
l'alligator. Je te rends ta liberté, mais ce n'est pas
assez. Que veux-tu de plus ?

— Bien, maître, lui dis-je, à vous dire vrai, je

serais fâché de ne pas pouvoir être à même de jouir
d'une manière honorable de la liberté que vous voulez
bien m'octroyer. Supposons donc que maître y ajoute
quelque chose comme une petite rente pour que je
puisse vivre respectablement. »

Le vieux maître se mit à rire : « On rencontre rarement tant de modestie unie à tant de valeur, dit-il,
et partout où on la trouve, on doit se faire un devoir de l'encourager. »

En conséquence j'eus la rente, et quand le vieux
maître mourut, j'eus quelque chose de plus, et je me
dis : « Par Jupiter ! je vais voyager. » Et je voyage,
Messieurs, et j'emporte partout cette peau avec moi
pour prouver la vérité de mon histoire dans le cas
où je rencontrerai des incrédules. A votre santé,
Môssieu, et à la votre aussi, Môssieu, et très-satisfait
de votre visite. »

TABLE des MATIÈRES

GRAVURES

TEXTE